As histórias de Pat Hobby

F. Scott Fitzgerald

As histórias de Pat Hobby

tradução e apresentação
José Geraldo Couto

todavia

Fitzgerald vai a Hollywood

José Geraldo Couto

A relação intermitente e conflituosa de F. Scott Fitzgerald com a indústria do cinema rendeu dois livros notáveis, a um tempo contrastantes e complementares: o romance inacabado *O último magnata* e a série de contos que compõe este volume.

Se o romance — cujo protagonista, Monroe Stahr, é inspirado no lendário produtor Irving Thalberg (1899-1936) — pode ser lido como uma tragédia ambientada na era dos grandes estúdios, *As histórias de Pat Hobby* são uma espécie de "lado B" desse mesmo contexto, escritas "com a pena da galhofa e a tinta da melancolia", como as memórias de Brás Cubas.

O clichê mais comum, ainda que equivocado, a respeito de Pat Hobby consiste em vê-lo como um alter ego de Fitzgerald. À parte o ofício comum — escrever roteiros para os estúdios — e um fraco pela bebida e pelas garotas, os dois não poderiam ser mais díspares. Ao contrário do autor de *O grande Gatsby* e dos *Contos da era do jazz*, reconhecido hoje como um dos grandes escritores norte-americanos do século XX, Hobby é um vigarista consumado, intelectualmente tosco e moralmente pouco confiável, sempre pronto a aplicar algum tipo de golpe, que sua incompetência invariavelmente transforma num desastre.

Hoje pouco mais do que um pária a bater nas portas de produtores que o querem ver pelas costas, Pat suspira pelos "velhos e bons tempos do cinema mudo", em que "a gente contava com um enredo fornecido por alguém, uma secretária esperta e um bocado de anfetamina para regurgitar uma 'estrutura' seis a oito horas por semana. O diretor se encarregava das gags".

Fitzgerald sabe do que está falando. Sua primeira passagem por Hollywood deu-se em 1927, ainda na época do silencioso, quando ele estava no auge do sucesso conquistado com livros como *Este lado do paraíso*, *O grande Gatsby* e *Contos da era do jazz*. Embora breve e pouco produtiva, foi nessa primeira estada que Fitzgerald conheceu Thalberg, o todo-poderoso chefe de estúdio da MGM, para quem voltaria a trabalhar, também sem muitos resultados concretos, em 1931.

A terceira e mais longa temporada de Fitzgerald em Hollywood iniciou-se em meados de 1937 e durou até sua morte, de infarto, em dezembro de 1940, aos 44 anos. A essa altura, ele havia atravessado um duro período de ostracismo, marcado pelos problemas com o álcool e com as sucessivas internações da esposa, Zelda Scott, diagnosticada como esquizofrênica. O escritor estava tão desprestigiado que chegou a cogitar o uso de pseudônimos, por achar que seu nome mais repelia do que atraía leitores.

Apesar de ter trabalhado em dezenas de roteiros (incluindo o de *... E o vento levou*, de 1939), o nome de Fitzgerald aparece em relativamente poucos créditos, em parte porque sua participação se diluía na linha de produção dos grandes estúdios e em parte porque sua instabilidade o levava muitas vezes a ser demitido antes de concluir o trabalho. Tentando explicar esse seu insucesso, o diretor Billy Wilder, que o apreciava como amigo e o admirava como escritor, definiu-o como "um grande escultor que é contratado para fazer um serviço de encanador": "Ele não sabia conectar os canos de modo a fazer a água fluir".

Outros escritores de primeiro time, como William Faulkner e Raymond Chandler, também tiveram seus atritos com a indústria, mas com resultados mais palpáveis. Era, de todo modo, um trabalho bem remunerado: em seus últimos contratos com a MGM, Fitzgerald chegou a receber 1250 dólares por semana. Nos períodos de vacas magras, seu sustento era garantido pela venda de contos e artigos para revistas.

É o caso das dezessete histórias deste livro, publicadas à razão de uma por mês nas páginas da *Esquire* entre janeiro de 1940 e maio de 1941. As últimas delas, portanto, só vieram à luz depois da morte do escritor. E só foram reunidas em livro mais de duas décadas depois, em 1962. Nestas páginas o leitor encontrará a prosa envolvente de Fitzgerald, seu humor irônico e, sobretudo, sua profunda e poética compreensão do fracasso humano.

As histórias de Pat Hobby

O pedido de Natal de Pat Hobby

I

Era véspera de Natal no estúdio. Por volta das onze da manhã, o Papai Noel já havia visitado a maior parte da enorme população local, de acordo com o merecimento de cada um.

Presentes suntuosos de produtores para estrelas, e de agentes para produtores, chegavam aos escritórios e aos bangalôs do estúdio: em todos os andares falava-se dos regalos galhofeiros de elencos para diretores e de diretores para elencos; o champanhe correra solto do departamento de publicidade para a imprensa. E gratificações de cinquenta, dez e cinco dólares de produtores, diretores e roteiristas caíam como maná sobre a classe dos funcionários.

Havia exceções nesse tipo de transação. Pat Hobby, por exemplo, que conhecia muito bem o jogo graças a duas décadas de experiência ali, tivera a ideia de se livrar de sua secretária no dia anterior. A qualquer momento lhe mandariam uma nova — mas ela dificilmente esperaria ganhar um presente em seu primeiro dia.

À espera dela, ele caminhava pelo corredor, espiando pelas portas entreabertas dos escritórios em busca de algum sinal de vida. Deteve-se para conversar com Joe Hopper, do departamento de roteiros.

"Não é como nos velhos tempos", queixou-se. "Naquela época havia uma garrafa em cada mesa."

"Tem algumas por aí."

"Não muitas", suspirou Pat. "E depois a gente passava um filme — feito com as sobras da sala de montagem."

"Ouvi falar. Todos os trechos que tinham sido cortados."

Pat concordou com a cabeça, os olhos brilhando.

"Ah, como era picante! A gente ficava com dor de barriga de tanto rir..."

Interrompeu-se ao avistar uma mulher, de bloquinho na mão, entrando em sua sala no final do corredor, o que o trouxe de volta ao lamentável tempo presente.

"Gooddorf me fez trabalhar no feriado", queixou-se com amargura.

"Eu não toparia."

"Eu também não, só que minhas quatro semanas terminam na próxima sexta-feira e, se eu me negasse, ele não me daria uma prorrogação."

Enquanto ele se afastava de volta à sua sala, Hopper já sabia que, fosse como fosse, não haveria prorrogação alguma. Pat fora contratado para roteirizar um faroeste fora de moda e os rapazes que estavam "escrevendo às suas costas" — isto é, reescrevendo o material dele — diziam que suas ideias eram todas velhas e algumas delas nem faziam sentido.

"Sou a srta. Kagle", disse a nova secretária de Pat.

Tinha uns trinta e seis anos, era bonita, tristonha, cansada, diligente. Foi até a máquina de escrever, examinou-a, sentou-se e caiu no choro.

Pat se espantou. O autocontrole, ao menos por parte dos subalternos, era a regra por ali. Já não era ruim o bastante estar trabalhando na véspera de Natal? Bem, menos mau que estar sem trabalho algum. Foi até a porta e a fechou — alguém que passasse poderia desconfiar que ele estivesse insultando a moça.

"Anime-se", ele aconselhou. "É Natal."

O ímpeto da emoção tinha refluído. Agora ela estava sentada, ereta, abafando os soluços e enxugando os olhos.

"Nada é tão ruim quanto parece", ele afiançou, sem grande convicção. "O que foi, afinal? Vão te demitir?"

Ela balançou a cabeça negativamente, deu uma fungada para acabar com todas as fungadas e abriu seu bloco de anotações.

"Para quem você estava trabalhando?"

Ela rilhou os dentes ao responder.

"Para o sr. Harry Gooddorf."

Pat arregalou os olhos permanentemente injetados. Agora se lembrava de tê-la visto na antessala de Harry.

"Desde 1921. Dezoito anos. E ontem ele me mandou de volta ao departamento pessoal. Disse que eu o deprimia — que o fazia lembrar que estava ficando velho." O rosto dela estava crispado. "Não era assim que ele falava comigo depois do expediente dezoito anos atrás."

"É, naquele tempo ele vivia atrás de um rabo de saia", disse Pat.

"Eu devia ter feito alguma coisa na época, quando tive a chance."

Pat sentiu impulsos virtuosos.

"Quebra de contrato? Não seria convincente!"

"Mas eu tinha uma coisa em que me agarrar. Uma coisa maior que uma quebra de contrato. Ainda tenho. Mas, na época, achava que estava apaixonada por ele, sabe?" Ela refletiu por um momento. "Quer me ditar alguma coisa agora?"

Pat se lembrou do seu trabalho e abriu um roteiro.

"É uma inserção", começou. "Cena 114-A."

Passou a perambular pela sala.

"Externa. Plano aberto da planície", decretou. "Buck e mexicanos se aproximam da *hyacenda*."

"Do quê?"

"Da *hyacenda* — a casa da fazenda." Lançou a ela um olhar de reprovação. "114-B. Plano e contraplano: Buck e Pedro. Buck: 'Filho da puta. Vou arrancar suas tripas!'"

A srta. Kagle ergueu os olhos, espantada.

"Quer mesmo que eu escreva isso?"

"Claro."

"Não vai passar."

"Sou eu que estou escrevendo. Claro que não vai passar. Mas se eu puser 'Seu rato!', a cena não vai ter força nenhuma."

"Mas alguém vai acabar tendo que mudar para 'Seu rato!', não vai?"

Ele a encarou fixamente — não queria ficar mudando de secretária todo dia.

"Harry Gooddorf que se preocupe com isso."

"O senhor está trabalhando para o sr. Gooddorf?", perguntou a srta. Kagle, alarmada.

"Até que ele me mande embora."

"Eu não devia ter dito..."

"Não se preocupe", ele a tranquilizou. "Ele não é mais meu camarada. Não por trezentos e cinquenta dólares por semana, quando eu costumava ganhar dois mil... Onde eu estava mesmo?"

Voltou a andar de um lado para o outro, repetindo a última fala do roteiro em voz alta com satisfação. Mas agora ela não parecia se aplicar a um personagem da história, e sim a Harry Gooddorf. De repente ficou imóvel e em silêncio, perdido em pensamentos. "Me diga, o que você tem para comprometê-lo? Sabe onde o corpo está enterrado?"

"Isso é real demais para ser engraçado."

"Ele apagou alguém?"

"Sr. Hobby, lamento muito ter aberto a minha boca."

"Me chame de Pat. Qual é o seu primeiro nome?"

"Helen."

"Casada?"

"No momento, não."

"Bem, escute, Helen: o que me diz de jantar comigo?"

II

Na tarde do dia de Natal ele ainda tentava extrair o segredo dela. Tinham o estúdio praticamente para eles — só uma equipe mínima de gente da técnica pontuava aqui e ali as calçadas e o prédio do refeitório. Tinham trocado presentes de Natal. Pat deu a ela uma nota de cinco dólares, Helen lhe trouxe um lenço de linho branco. Ele se lembrava muito bem dos dias em que várias dúzias de lenços daqueles eram sua colheita de Natal.

O roteiro progredia a passo de tartaruga, mas a amizade entre eles amadurecera consideravelmente. O segredo dela, ele pensava, era um bem muito valioso, e ele se perguntava quantas carreiras tinham se alicerçado num bem como aquele. Alguns, ele não tinha dúvida, haviam conquistado fortuna dessa maneira. Ora, era quase tão bom quanto ser da família, e ele visualizou uma conversa imaginária com Harry Gooddorf.

"Harry, o negócio é o seguinte. Eu não acho que a minha experiência esteja sendo bem aproveitada. São os fedelhos metidos que devem se ocupar de escrever — eu deveria passar para a supervisão."

"Senão..."

"Senão já sabe", dizia Pat com firmeza.

Estava no meio desse devaneio quando Harry Gooddorf entrou inesperadamente.

"Feliz Natal, Pat", disse, jovialmente. Seu sorriso ficou menos robusto quando viu Helen. "Oh, olá, Helen — não sabia que você e Pat estavam trabalhando juntos. Mandei ao departamento de roteiros uma lembrancinha para você."

"Não precisava."

Harry se virou prontamente para Pat.

"O chefe está pegando no meu pé", disse. "Preciso ter um roteiro finalizado até quinta-feira."

"Bom, cá estou", disse Pat. "Você terá o roteiro. Por acaso alguma vez eu te deixei na mão?"

"Muitas vezes", disse Harry. "Muitas vezes."

Parecia a ponto de acrescentar alguma coisa quando um mensageiro entrou com um envelope e o entregou a Helen Kagle — ao que Harry se virou e saiu às pressas.

"Foi bom mesmo ele sair daqui!", desabafou a srta. Kagle, depois de abrir o envelope. "Dez dólares — míseros *dez* dólares — de um executivo... depois de dezoito anos de trabalho."

Era a chance de Pat. Sentando sobre a mesa dela, ele lhe expôs seu plano.

"Vai ser vida mansa pra você e pra mim", disse. "Você como chefe de um departamento de roteiros, eu como produtor associado. Teremos mamata para sempre: chega de escrever, chega de martelar as teclas. A gente até poderia — poderia mesmo —, se tudo correr bem, a gente poderia casar."

Ela hesitou por um bom tempo. Ao vê-la colocar uma fita nova na máquina de escrever, Pat temeu que tivesse perdido a parada.

"Consigo escrever de memória", disse ela. "Foi essa a carta que *ele próprio* datilografou em 3 de fevereiro de 1921. Ele a selou e me mandou postá-la no correio — mas havia uma loura em que ele estava interessado, e eu fiquei me perguntando por que ele faria tanto segredo em relação a uma carta."

Helen tinha começado a datilografar enquanto falava, e agora entregava a Pat um bilhete.

Para Will Bronson
First National Studios
Pessoal

Caro Bill:

Matamos Taylor. Devíamos ter cuidado dele antes. Então, por que não ficar de bico calado?

Afetuosamente, Harry

Pat ficou olhando para a carta, estupefato.

"Entendeu?", disse Helen. "Em 1º de fevereiro de 1921 alguém assassinou William Desmond Taylor, o diretor. E nunca descobriram quem foi."

III

Por dezoito anos ela guardara o bilhete original, com envelope e tudo. Tinha mandado apenas uma cópia para Bronson, imitando a assinatura de Harry Gooddorf.

"Estamos feitos, baby!", disse Pat. "Sempre achei que uma garota é que tivesse pegado o Taylor."

Estava tão empolgado que abriu uma gaveta e tirou de dentro uma garrafinha de uísque. Então, depois de pensar mais um pouco, perguntou:

"Está num lugar seguro?"

"Pode ter certeza. Ele nunca adivinharia onde."

"Pegamos o sujeito, baby!"

Dinheiro, carros, garotas, piscinas, desfilaram numa sequência resplandecente diante dos olhos de Pat.

Ele dobrou o bilhete, enfiou-o no bolso, tomou outro gole e pegou o chapéu.

"Você vai vê-lo agora?", perguntou Helen, com certo alarme. "Ei, espere pelo menos eu sair do estúdio. *Eu* é que não quero ser assassinada."

"Não se preocupe! Olha, te encontro na Muncherie, na esquina da Quinta com a La Brea — em uma hora."

Enquanto caminhava até o escritório de Gooddorf, ele decidiu não mencionar nenhum fato ou nome dentro dos limites do estúdio. No breve período em que dirigira um departamento de roteiros, Pat concebera o plano de instalar um ditafone na sala de cada roteirista. Assim, a lealdade de cada um para com os executivos do estúdio poderia ser verificada várias vezes ao dia.

A ideia fora motivo de riso. Mais tarde, porém, quando se viu "rebaixado a escritor de novo", ele sempre se perguntou se seu plano não teria sido adotado em segredo. Quem sabe algum comentário indiscreto dele próprio fosse responsável pela masmorra em que tinha sido mantido na última década. Sendo assim, foi com a ideia de ditafones escondidos na cabeça, ditafones que podiam ser acionados por um toque da ponta do pé, que entrou na sala de Harry Gooddorf.

"Harry...", escolheu as palavras com cuidado, "você se lembra da noite de 1º de fevereiro de 1921?"

Um tanto atônito, Gooddorf se recostou em sua cadeira giratória.

"*O quê?*"

"Tente lembrar. É uma coisa muito importante para você."

A expressão de Pat, ao observar o amigo, era a de um agente funerário ansioso.

"Primeiro de fevereiro de 1921", ruminou Gooddorf. "Não. Como é que eu poderia lembrar? Você acha que mantenho um diário? Não sei nem onde estava na época."

"Você estava aqui mesmo em Hollywood."

"É provável. Mas, se você sabe, me diga."

"Você vai lembrar."

"Vejamos. Eu vim da costa leste em 1916. Fiquei na Biograph até 1920. Será que eu estava fazendo alguma comédia? É isso. Eu estava produzindo um filme chamado *Soco-inglês* — em locação."

"Você não estava na locação o tempo todo. Estava na cidade em 1º de fevereiro."

"Mas o que é isto?", perguntou Gooddorf. "Um interrogatório?"

"Não... mas tenho algumas informações sobre seus atos naquela data."

O rosto de Gooddorf ficou vermelho; por um momento pareceu que ele iria jogar Pat para fora da sala — então, de repente, ele ofegou, lambeu os lábios e ficou olhando fixamente para sua mesa.

"Ah", disse, depois de um minuto. "Mas não vejo em que isso possa ser da sua conta."

"É da conta de todo homem decente."

"E desde quando você é um homem decente?"

"Desde sempre", disse Pat. "E, mesmo que eu não fosse, nunca fiz nada desse tipo."

"Uma ova!", disse Harry com desprezo. "Logo *você*, me aparecendo aqui com uma auréola na cabeça! De todo modo, cadê a prova? Do jeito que você fala, até parece que tem uma confissão escrita. Isso tudo já foi esquecido há muito tempo."

"Não na memória de um homem decente", disse Pat. "E quanto à confissão escrita — eu tenho uma."

"Duvido. E duvido que se sustentasse em qualquer tribunal. Alguém te enganou."

"Eu vi a confissão", disse Pat, cada vez mais confiante. "E ela basta para te levar à forca."

"Bom, eu juro por Deus, se isso vazar, eu te expulso da cidade."

"Você *me* expulsa?"

"Não quero publicidade nenhuma."

"Então acho melhor você vir comigo. Sem contar pra ninguém."

"Aonde vamos?"

"Conheço um bar onde podemos ficar a sós."

A Muncherie estava de fato deserta, exceto pelo barman e por Helen Kagle, sentada a uma mesa, tensa e alarmada. Ao vê-la, a expressão de Gooddorf mudou para a de uma infinita contrariedade.

"Que Natal dos infernos", disse ele, "com minha família me esperando em casa há uma hora. Quero saber qual é a questão. Você diz que está de posse de alguma coisa escrita por mim."

Pat tirou o papel do bolso e leu a data em voz alta. Em seguida ergueu os olhos e se apressou em dizer:

"Isto é só uma cópia, portanto nem tente tirar da minha mão."

Ele conhecia a técnica desse tipo de cena. Quando a onda dos faroestes entrou temporariamente em refluxo, tinha quebrado a cabeça numa porção de filmes policiais.

"Para William Bronson. Caro Bill: Matamos Taylor. Devíamos ter cuidado dele antes. Então, por que não ficar de bico calado? Afetuosamente, Harry."

Pat fez uma pausa. "Você escreveu isto em 3 de fevereiro de 1921."

Silêncio. Gooddorf se virou para Helen Kagle.

"*Você* fez isso? Eu ditei pra você?"

"Não", admitiu ela, com uma voz amedrontada. "Você mesmo escreveu. Eu abri a carta."

"Entendo. Bem, o que vocês querem?"

"Muita coisa", disse Pat, sentindo satisfação com o som das palavras.

"O quê, exatamente?"

Pat desatou a descrever uma carreira conveniente a um homem de quarenta e nove anos. Uma carreira reluzente, que se expandia rapidamente em beleza e poder ao longo do tempo que ele precisou para tomar três grandes doses de uísque. Mas a uma exigência específica ele retornava a todo momento.

Queria ser nomeado produtor já no dia seguinte.

"Por que amanhã?", perguntou Gooddorf. "Não dá para esperar?"

De repente havia lágrimas nos olhos de Pat. Lágrimas de verdade.

"É Natal", disse ele. "É meu pedido de Natal. Comi o pão que o diabo amassou. Esperei tanto tempo."

Gooddorf se levantou de repente.

"Não", disse ele. "Não vou te promover a produtor. Não posso fazer isso, por lealdade à empresa. Prefiro enfrentar um processo."

Pat ficou boquiaberto.

“O quê? Não vai?”

“Sem chance. Prefiro ser enforcado.”

Virou as costas, com o rosto impassível, e dirigiu-se para a porta.

“Tudo bem!”, Pat gritou para ele. “É sua última chance.”

De repente viu, com espanto, Helen Kagle saltar da cadeira e correr até Gooddorf — tentando se abraçar a ele.

“Não se preocupe!”, ela gritou. “Eu vou rasgar a carta, Harry! Era brincadeira, Harry...”

Sua voz morreu de um momento para outro quando ela percebeu que Gooddorf estava se sacudindo de tanto rir.

“Qual é a graça?”, perguntou, furiosa de novo. “Você acha que não tenho a carta?”

“Ah, tem sim, tudo bem”, rugiu Gooddorf. “Você tem a carta — mas ela não é o que você pensa.”

Ele voltou para a mesa, sentou e dirigiu-se a Pat.

“Sabe o que eu pensei que essa data significava? Pensei que talvez fosse o dia em que Helen e eu nos engraçamos pela primeira vez. Foi isso o que eu pensei. E achei que ela fosse fazer um escarcéu em torno disso. Achei que ela estava maluca. Ela se casou duas vezes depois daquilo, e eu também.”

“Isso não explica o bilhete”, disse Pat com firmeza, mas com uma sensação de estar afundando. “Você admite que matou Taylor.”

Gooddorf concordou com a cabeça.

“Ainda acho que muitos de nós o matamos”, disse. “Éramos uma turma desenfreada — Taylor, Bronson, eu e metade dos rapazes que andavam cheios da grana. Então eu e alguns outros nos juntamos e combinamos que íamos sossegar o facho. O país estava louco para pegar alguém pra Cristo. Tentamos convencer Taylor a tomar cuidado, mas ele não deu ouvidos. Então, em vez de colocar um freio nele, deixamos que seguisse na ‘vida louca’. E algum patife o liquidou — quem foi eu não sei.”

Ele se levantou.

"Do mesmo modo, alguém deveria ter dado um jeito em *você*, Pat. Mas você era um sujeito divertido naquele tempo e, além disso, estávamos muito ocupados."

Pat fungou de repente.

"Vocês têm cuidado de mim", disse ele. "Até demais."

"Mas agora é tarde demais", disse Gooddorf, e acrescentou: "A esta altura você deve ter um novo pedido de Natal, e eu posso quebrar seu galho. Não vou contar nada sobre esta tarde."

Depois que ele saiu, Pat e Helen ficaram sentados em silêncio. Pat pegou de novo o bilhete e passou os olhos por ele.

"Então por que não ficar de bico calado?", leu em voz alta. "Ele não explicou isso."

"Por que *não* ficar de bico calado?", disse Helen.

No meio do caminho

I

Pat Hobby sempre entrou sem problemas nas dependências do estúdio. Tinha trabalhado ali durante quinze anos, entre idas e vindas — mais idas do que vindas nos últimos cinco —, e a maior parte dos guardas do estúdio o conhecia. Se funcionários durões de plantão pedissem para ver seu crachá, ele poderia entrar com um telefonema para Lou, o *bookie*.* Também para Lou o estúdio tinha sido um lar naqueles anos todos.

Pat estava com quarenta e nove anos. Era escritor, mas nunca escrevera muita coisa, tampouco lera todos os "originais" a partir dos quais tinha trabalhado, porque ler em demasia fazia sua cabeça latejar. Mas nos velhos e bons tempos do cinema mudo, a gente contava com um enredo fornecido por alguém, uma secretária esperta e um bocado de anfetamina para regurgitar uma "estrutura" seis a oito horas por semana. O diretor se encarregava das gags. Depois que veio o cinema falado, ele sempre trabalhou em parceria com alguém que escrevia os diálogos. Algum jovem que gostasse de trabalhar.

"Nenhum nome aparece mais vezes do que o meu em créditos de filmes", ele disse a Jack Berners. "Só preciso de uma ideia e de alguém que não seja um tapado completo para trabalhar comigo."

* Forma abreviada de *bookmaker*, agenciador de apostas em corridas de cavalos. [Esta e as demais notas são do tradutor.]

Ele havia grudado em Jack na frente do escritório da produção quando Jack estava saindo para almoçar, e caminharam juntos em direção ao refeitório.

"Traga-me uma ideia você", disse Jack Berners. "As coisas andam difíceis. Não podemos pagar salário para um sujeito a menos que ele tenha uma ideia."

"Como é que eu posso ter ideias sem receber salário?", perguntou Pat — e acrescentou prontamente: "Seja como for, eu tenho o embrião de uma ideia, que posso ir contando pra você durante o almoço."

Alguma coisa poderia lhe ocorrer durante o almoço. Tinha aquele começo de ideia do Baer sobre um escoteiro. Mas Jack disse alegremente:

"Marquei um encontro para o almoço, Pat. Escreva sua ideia e me mande, está bem?"

Sentiu-se cruel porque sabia que Pat não era capaz de escrever coisa alguma, mas ele próprio estava passando por uma entressafra de histórias. Acabara de estourar a guerra e todos os produtores do estúdio queriam encerrar seus filmes em andamento com o herói partindo para o front. E Jack Berners achava que tinha sido o primeiro a pensar nisso para a sua produção.

"Não deixe de escrever, hein?"

Diante da ausência de resposta por parte de Pat, Jack olhou para ele — e viu em seus olhos uma espécie de infelicidade surrada que o fez lembrar de seu próprio pai. Pat ganhara muito dinheiro antes mesmo de Jack sair da faculdade — com três carros e uma gatinha em cada estacionamento. Agora suas roupas davam a impressão de que ele tinha passado três anos mendigando na esquina da rua Vine com o Hollywood Boulevard.*

* No original, *Hollywood and Vine*: esquina famosa de Los Angeles, tida durante várias décadas como símbolo da própria Hollywood.

"Dê uma sondada, fale com alguns dos roteiristas do estúdio", disse ele. "Se algum deles se interessar por sua ideia, traga-o para conversar comigo."

"Detesto dar uma ideia se não tem dinheiro na parada", resmungou Pat com pessimismo. "Esses fedelhos atrevidos metem a faca nas costas da gente."

Chegaram à porta do refeitório.

"Boa sorte, Pat. Pelo menos não estamos na Polônia."

"Sorte sua que *você* não está", murmurou Pat para si mesmo. "Te arrancariam as tripas."

E agora, o que fazer? Afastou-se e perambulou pelo prédio dos cubículos dos roteiristas. Quase todos tinham saído para almoçar e os que estavam por ali ele não conhecia. Havia cada vez mais rostos desconhecidos. E ele aparecia nos letreiros de trinta filmes; estava no ramo havia vinte anos, fazendo publicidade e roteiros.

A última porta do corredor era de um homem de quem ele não gostava. Mas ele queria um lugar para sentar por um minuto, de modo que deu uma batida na porta e a abriu. O homem não estava — só uma moça muito bonita, de aparência frágil, sentada lendo um livro.

"Acho que ele foi embora de Hollywood", disse ela, em resposta à indagação dele. "Me deram esta sala, mas esqueceram de colocar meu nome na porta."

"Você é escritora?", perguntou Pat, surpreso.

"Trabalho com isso."

"Você devia pedir pra fazer um teste como atriz."

"Não. Eu gosto é de escrever."

"O que você está lendo?"

Ela lhe mostrou o livro.

"Deixe que te dê uma dica", disse ele. "Não é assim que você capta a essência de um livro."

"Oh."

"Estou aqui há muitos anos — sou Pat Hobby — e *sei* o que estou falando. Dê o livro para quatro amigos lerem. Peça que lhe digam depois o que ficou na cabeça deles. Ponha isso no papel e você terá um filme — entendeu?"

A moça sorriu.

"Bem, é um conselho muito... muito original, sr. Hobby."

"Pat Hobby", disse ele. "Posso esperar aqui um minuto? O homem que eu vim encontrar está almoçando."

Sentou-se na frente dela e apanhou um exemplar de uma revista de fotografia.

"Ah, deixe-me marcar a página", ela disse prontamente.

Ele olhou para a página que ela marcou. Mostrava quadros sendo encaixotados e despachados de uma galeria de arte na Europa para serem postos em segurança.

"Como você pretende usar isto?", perguntou.

"Bem, pensei que seria dramático se houvesse um velho por ali enquanto eles encaixotam os quadros. Um pobre velho, que tenta arranjar um bico ajudando-os. Mas ele não serve para eles — está no meio do caminho — nem como bucha de canhão. Querem gente jovem e forte neste mundo. E acontece que ele é o homem que pintou aqueles quadros muitos anos antes."

Pat refletiu.

"É bom, mas não entendo", disse.

"Ah, não é grande coisa, serve para um curta, talvez."

"Tem alguma ideia boa para um longa? Eu tenho trânsito com todo mundo por aqui."

"Estou sob contrato."

"Use outro nome."

O telefone dela tocou.

"Sim, aqui é a Pricilla Smith", disse a moça.

Depois de um minuto ela se virou para Pat.

"O senhor me dá licença? É um telefonema pessoal."

Ele entendeu e saiu da sala, caminhando pelo corredor. Ao encontrar uma sala sem nome na porta, entrou e adormeceu no sofá.

II

No final daquela tarde ele voltou à sala de espera de Jack Berners. Tinha uma ideia sobre um homem que encontra uma moça num escritório e acha que ela é estenógrafa, mas na verdade é uma escritora. Ele a contrata como estenógrafa, porém, e eles partem para os mares do Sul. Era um começo, algo para contar a Jack, pensou — e, imaginando Pricilla Smith, recauchutou alguns materiais velhos que há tempos não via ninguém usar.

Ficou bem empolgado com aquilo — sentiu-se rejuvenescido por um momento, caminhando de um lado para outro da sala de espera e ensaiando mentalmente a primeira sequência. "Então temos aqui uma situação como a de *Aconteceu naquela noite** — só que *nova*. Vejo Hedy Lamarr..."

Ah, ele sabia falar com aqueles garotos, desde que conseguisse chegar até eles, com alguma coisa a dizer.

"O sr. Berners ainda está ocupado?", perguntou pela quinta vez.

"Oh, sim, sr. Hobby. O sr. Bill Costello e o sr. Bach estão lá dentro com ele."

Pensou depressa. Eram cinco e meia. Nos velhos tempos ele teria simplesmente invadido a sala algumas vezes para vender uma ideia, e a ideia teria valido bem uns dois mil dólares, porque àquela altura eles já estavam muito cansados do que faziam.

* *Aconteceu naquela noite* (*It Happened One Night*, 1934), comédia romântica clássica de Frank Capra, com Clark Gable e Claudette Colbert.

Ele saiu inocentemente da sala e foi até outra porta no corredor. Sabia que ela dava para um banheiro que se comunicava com a sala de Jack Berners. Respirou fundo e foi em frente.

"... então, é essa a ideia", concluiu depois de cinco minutos. "É só um flash — nada muito trabalhado ainda, mas vocês bem que podiam me dar uma sala e uma secretária, e em três dias eu lhes entregaria alguma coisa escrita."

Berners, Costello e Bach nem sequer olharam um para o outro. Berners falou pelos três ao dizer de modo firme e gentil:

"Isso não é uma ideia, Pat. Não posso te pagar um salário por isso."

"Por que você não a desenvolve um pouco mais por conta própria?", sugeriu Bill Costello. "Depois você mostra pra nós. Estamos à procura de ideias — especialmente sobre a guerra."

"O homem pensa melhor quando recebe um salário", disse Pat.

Fez-se silêncio. Costello e Bach tinham bebido com ele, jogado pôquer, ido com ele às corridas de cavalo. Ficariam honestamente felizes em vê-lo bem colocado.

"É a guerra, né?", disse ele, acabrunhado. "Tudo agora é guerra, não importa quantos créditos o sujeito tenha no currículo. Sabe no que isso me faz pensar? Me faz pensar num pintor renomado, agora deixado de lado. É tempo de guerra e ele é inútil — só um homem no meio do caminho." Entusiasmou-se com essa concepção de si mesmo. "Mas o tempo todo eles estão encaixotando os quadros *dele*, como se fossem a coisa mais valiosa a ser salva. E não o deixam ajudar. É nisso que sou levado a pensar."

Houve de novo silêncio por um momento.

"Não é uma ideia ruim", disse Bach, pensativo. Virou-se para os outros. "A ideia em si, entendem?"

Bill Costello concordou com a cabeça.

"Não é ruim mesmo. E sei onde a gente poderia encaixá-la. Bem no final da quarta sequência. É só trocarmos o velho Ames por um pintor."

Logo passaram a falar de dinheiro.

"Eu lhe dou duas semanas para trabalhar nisso", Berners disse a Pat. "A duzentos e cinquenta por semana."

"Duzentos e cinquenta?!", objetou Pat. "Houve um tempo em que você me pagava dez vezes isso!"

"Isso foi há dez anos", relembrou Jack. "Sinto muito. É o melhor que podemos fazer agora."

"Você faz com que eu me sinta como aquele velho pintor..."

"Não exagere", disse Jack, levantando-se e sorrindo. "Você está na folha de pagamento."

Pat saiu da sala com passos rápidos e olhos confiantes. Quinhentos dólares — isso aliviaria a pressão por um mês, e sempre havia a chance de esticar o contrato de duas para três semanas, às vezes até para quatro. Deixou orgulhosamente o estúdio pela entrada da frente, parando na loja de bebidas atrás de uma garrafinha para levar para o quarto.

Por volta das sete horas as coisas estavam ainda melhores. Santa Anita* amanhã, se conseguisse um adiantamento. E esta noite... alguma coisa festiva precisava ser feita esta noite. Com uma súbita onda de prazer, desceu até onde ficava o telefone, no saguão do térreo, ligou para o estúdio e pediu o número da srta. Pricilla Smith. Fazia anos que não conhecia uma mulher tão bonita...

Em seu apartamento, Pricila Smith atendeu o telefone com uma voz bem firme.

"Sinto muitíssimo", disse ela, "mas não posso mesmo... Não — e estou comprometida pelo resto da semana."

* Célebre hipódromo localizado na cidade de Arcadia, nas proximidades de Los Angeles.

Quando ela desligou, Jack Berners dirigiu-se a ela, do sofá.

"Quem era?"

"Oh, um homem que entrou na minha sala", ela riu, "e me disse para nunca ler o livro em que estou me baseando."

"Devo acreditar em você?"

"Claro que deve. Vou até lembrar do nome dele num minuto. Mas primeiro quero te falar de uma ideia que tive esta manhã. Eu vi numa revista uma foto de pessoas encaixotando obras de arte na Tate Gallery, em Londres. Aí pensei..."

“Fervam água — muita água”

Sentado em sua sala no Edifício dos Escritores, Pat Hobby contemplava seu trabalho matinal, logo depois de voltar do departamento de roteiros. Estava fazendo um “polimento”, praticamente o único tipo de trabalho que conseguia nesses dias. Precisava consertar às pressas uma sequência confusa, mas a palavra “pressa” nem o apavorava nem o inspirava, pois Pat estava em Hollywood desde os trinta anos — agora tinha quarenta e nove. Todo o trabalho que fizera naquela manhã (com exceção de pequenas mudanças em algumas falas para poder reivindicá-las como suas) — tudo o que tinha de fato inventado — era uma única frase no imperativo, dita por um médico.

“Fervam água — muita água.”

Era uma boa fala. Tinha saltado pronta e inteira à sua mente logo que ele leu o script. Nos velhos tempos do cinema mudo, Pat a teria usado como letreiro e eliminado qualquer preocupação com o diálogo por um tempo, mas agora ele precisava que a cena tivesse algumas palavras ditas por outras pessoas. Nada lhe ocorria.

“Fervam água”, repetia para si mesmo. “Muita água.”

O verbo ferver trouxe-lhe uma breve e prazerosa lembrança do refeitório. Uma lembrança reverente também: para um veterano como Pat, as pessoas com quem você se sentava no almoço eram mais importantes para se dar bem do que as coisas que você ditava em sua sala. Aquilo não era uma arte, ele costumava dizer — aquilo era uma indústria.

"Isto não é arte coisa nenhuma", comentou com Max Leam, que tomava displicentemente um copo d'água no bebedouro do corredor. "Isto é uma indústria."

Max lhe jogara aquele oportuno osso de três semanas de trabalho a trezentos e cinquenta dólares por semana.

"Ei, Pat! Já conseguiu colocar alguma coisa no papel?"

"Digamos que eu já tenho um material que vai fazer a plateia..." E usou uma conhecida função fisiológica, na certeza um tanto espantosa de que ela teria lugar na sala de cinema.

Max tentou sondar sua sinceridade.

"Quer ler para mim agora?"

"Ainda não. Mas tem a velha e boa verve, se é que me entende."

Max tinha muitas dúvidas.

"Bom, vá em frente. E se você deparar com alguma questão médica, dê uma checada com o médico no Posto de Primeiros Socorros. Tem de estar tudo certinho."

O espírito de Pasteur brilhou intensamente nos olhos de Pat.

"Estará."

Sentia-se bem ao caminhar pelo terreno do estúdio com Max — tão bem que decidiu grudar no produtor e sentar-se com ele à Grande Mesa. Mas Max frustrou sua intenção ao trinar um "Te vejo mais tarde" e entrar no salão de barbeiro.

Houve um tempo em que Pat era uma figura familiar na Grande Mesa; frequentemente, em seus anos dourados, ele comera nas cantinas exclusivas dos executivos. Sendo da velha Hollywood, compreendia suas piadas, suas vaidades, seu sistema social e suas flutuações rápidas. Mas agora havia demasiadas caras novas na Grande Mesa — caras que olhavam para ele com a desconfiança universal de Hollywood. E, nas mesas pequenas onde se sentavam os jovens escritores, eles pareciam levar o trabalho muito a sério. Quanto a se sentar em qualquer lugar, até mesmo com secretárias ou figurantes, Pat preferia comer um sanduíche no balcão.

Desviando para o Posto da Cruz Vermelha, perguntou pelo médico. Uma moça, enfermeira, respondeu de um espelho de parede onde passava batom rapidamente nos lábios: "Ele não está. Do que se trata?"

"Oh. Então eu volto depois."

Ela tinha terminado de se maquiar e agora se virava para ele — vívida, jovem e com um reluzente sorriso de consolação.

"A srta. Stacey pode ajudá-lo. Estou de saída para o almoço."

Ele sentiu emergir uma sensação antiga, muito antiga — remanescente da época em que tivera esposas —, a sensação de que convidar aquela gracinha para almoçar poderia trazer problemas. Mas bem depressa lembrou que no momento não tinha esposa nenhuma — todas tinham desistido de brigar por suas pensões.

"Estou trabalhando numa coisa médica", disse ele. "Preciso de uma ajudinha."

"Uma coisa médica?"

"Estou escrevendo. É uma ideia sobre um médico. Escute, te convido para almoçar. Quero te fazer algumas perguntas médicas."

A enfermeira hesitou.

"Não sei não. É meu primeiro dia aqui."

"Não tem problema", ele garantiu, "os estúdios são democráticos. Todo mundo se trata na base do 'oi, Joe', 'oi, Mary' — dos figurões aos ajudantes de contrarregra."

Provou isso sobejamente enquanto caminhavam para o refeitório, ao cumprimentar um astro e ouvir de volta seu próprio nome. E no refeitório, onde eles se sentaram perto da Grande Mesa, o produtor dele, Max Leam, ergueu os olhos, fez um leve gesto de cumplicidade e piscou.

A enfermeira — seu nome era Helen Earle — espiava em volta com avidez.

"Não vejo ninguém famoso", disse ela. "Exceto, oh, aquele é o Ronald Colman. Não sabia que ele era assim ao vivo."

Pat apontou de repente para o chão.

“E aquele é o Mickey Mouse!”

Ela deu um pulo e Pat riu da própria piada — mas Helen Earle já estava encarando de olhos arregalados os figurantes vestidos a caráter que enchiam o ambiente com as cores do Primeiro Império. Pat ficou ressentido ao ver o interesse dela naqueles zés-ninguéns.

“Os mandachuvas estão nesta mesa ao lado”, disse solenemente, com ar nostálgico, “diretores e tudo mais, menos os executivos mais poderosos. Eles podem mandar Ronald Colman passar suas roupas. Geralmente eu me sento ali, mas eles não aceitam mulheres. No almoço, quero dizer, eles não aceitam mulheres.”

“Oh”, disse Helen Earle educadamente, mas sem se mostrar impressionada. “Deve ser maravilhoso ser escritor também. É tão interessante.”

“Tem suas compensações”, disse ele... que há anos achava aquilo uma vida de cachorro.

“O que o senhor queria me perguntar a respeito de um médico?”

Era o trabalho chamando de novo. Alguma coisa irrompeu de súbito na mente de Pat quando ele pensou na história.

“Bem, Max Leam — aquele homem à nossa frente —, Max Leam e eu temos um roteiro sobre um médico. Sabe como é? Tipo um filme de hospital.”

“Sei.” E, depois de um momento, ela acrescentou: “Foi por isso que escolhi esse meu ofício.”

“E precisamos ter tudo certinho porque cem milhões de pessoas vão estar de olho, verificando tudo. Então, no roteiro, esse médico diz às pessoas para ferver água. ‘Fervam água — muita água.’ E ficamos nos perguntando o que as pessoas fariam.”

“Ora — elas provavelmente iam ferver água”, disse Helen, e em seguida, meio confusa com aquela pergunta: “Que pessoas?”

“Bom, a filha de alguém e o homem que morava ali e um advogado e o homem que foi ferido.”

Helen tentou digerir isso antes de responder.

"... e um outro sujeito que eu vou cortar", ele concluiu.

Fez-se uma pausa. A garçonete serviu sanduíches de atum.

"Bom, ordens de um médico são ordens", decidiu Helen.

"Hmm." A atenção de Pat se desviara para um estranho incidente na Grande Mesa, enquanto ele perguntava distraidamente: "Você é casada?".

"Não."

"Eu também não."

Em pé, ao lado da Grande Mesa, estava um figurante. Um cossaco russo com um bigode feroz. Suas mãos estavam pousadas no encosto de uma cadeira vazia entre o diretor Paterson e o produtor Leam.

"Está ocupada?", perguntou ele, com um forte sotaque da Europa central.

Todos os rostos em torno da Grande Mesa se voltaram imediatamente para ele, espantados. Antes do primeiro olhar atento, a suposição era de que ele devia ser um ator conhecido. Mas não era: trajava um daqueles uniformes multicoloridos que salpicavam o salão.

Alguém na mesa disse: "Está ocupada". Mas o homem puxou a cadeira e se sentou.

"Preciso comer em algum lugar", observou, com um esgar.

Um arrepio percorreu as mesas vizinhas. Pat Hobby encarava a cena com a boca aberta. Era como se alguém tivesse rabiscado o Pato Donald no meio da *Última ceia*.

"Olhe só isso", ele alertou Helen. "O que vão fazer com o sujeito! Rapaz!"

O silêncio pasmo na Grande Mesa foi rompido por Ned Harman, o gerente de produção.

"Esta mesa está reservada", disse ele.

O figurante ergueu os olhos do menu.

"Me disseram pra sentar em qualquer lugar."

Acenou chamando uma garçonete — que hesitou, buscando uma resposta no rosto de seus superiores.

“Os figurantes não comem aqui”, disse Max Leam, ainda com educação. “Esta é uma...”

“Eu vou comer”, cortou o cossaco, teimosamente. “Fiquei seis horas de pé enquanto filmavam aquela mixórdia nojenta e agora eu vou comer.”

O silêncio se espalhara — no campo de visão de Pat, tudo parecia estar em suspenso.

O figurante sacudiu a cabeça negativamente, enfadado.

“Num sei quem fez aquela joça”, disse ele — e Max Leam se empertigou na cadeira —, “mas é a porcaria mais ordinária que já vi ser filmada em Hollywood.”

Na sua mesa, Pat se perguntava por que eles não faziam alguma coisa. Derrubar o sujeito, arrastá-lo dali. Se tinham amarelado, podiam chamar a segurança do estúdio.

“Quem é aquele?” Helen Earle seguia inocentemente os olhos dele. “Alguém que eu devia conhecer?”

Ele estava atento à voz de Max Leam, elevada pela raiva.

“Levante-se e caia fora daqui, parceiro, e rapidinho!”

O figurante franziu o cenho.

“Quem vai me obrigar?”, perguntou.

“Você já vai ver.” Max apelou para a mesa em geral. “Onde está o Cushman — cadê o chefe do pessoal?”

“Experimente encostar em mim”, disse o figurante, erguendo o cabo da espada acima do nível da mesa, “e eu enfio isso aqui na sua orelha. Conheço meus direitos.”

A dúzia de homens em torno da mesa, representando mil dólares por hora em salários, ficou estupefata. Afastado dali, perto da porta, um dos seguranças do estúdio foi informado do que se passava e abriu caminho pelo salão apinhado de gente. E Big Jack Wilson, outro diretor, levantou-se num instante, dando a volta na mesa.

Mas eles chegaram tarde demais — Pat Hobby não aguentou esperar tanto. Ele saltara da sua cadeira, apanhando uma bandeja grande e pesada da mesa de bufê ao lado. Em dois saltos chegou ao palco dos acontecimentos — erguendo a bandeja bem alto e descendo-a na cabeça do figurante com toda a força de seus quarenta e nove anos. O figurante, que inclinara o rosto para se defender da ameaça de ataque de Wilson, recebeu o golpe direto na face e na têmpora e, quando desabou, uma dúzia de riozinhos vermelhos brotou, atravessando a pesada maquiagem. Caiu de lado entre as cadeiras.

Pat ficou em pé junto a ele, ofegante, com a bandeja ainda na mão.

"Rato sujo!", gritou. "Onde é que ele pensa..."

O segurança do estúdio o empurrou para o lado; Wilson o empurrou para o lado — dois homens levantaram-se horrorizados de outra mesa e acorreram para averiguar a situação.

"Era uma piada!", gritou um deles. "É o Walter Herrick, o escritor. O filme é dele."

"Deus do céu!"

"Ele estava caçoando do Max Leam. Era uma piada, estou dizendo!"

"Levem-no daqui... Chamem um médico... Cuidado aí!"

Agora Helen Earle se apressava a ajudar; Walter Herrick foi arrastado para uma clareira no chão e ouviam-se gritos de "Quem fez isso?", "Quem bateu nele?".

Pat largou a bandeja sobre uma cadeira, o ruído passou despercebido em meio à confusão.

Viu Helen Earle trabalhando com destreza na cabeça do homem com uma pilha de guardanapos limpos.

"Por que resolveram fazer isso com ele?", gritou alguém.

Pat fez contato visual com Max Leam, mas este desviou o olhar no ato, e um sentimento de injustiça tomou conta de Pat. Só ele, naquela crise, real ou imaginária, tinha *agido*. Só ele agira como um homem, enquanto aqueles engomadinhos arrogantes se deixavam insultar e ofender. E agora ele teria de pagar o pato — porque Walter Herrick era poderoso e popular, um homem de três mil dólares por semana que escrevia espetáculos de sucesso em Nova York. Como alguém podia imaginar que fosse uma piada?

Agora havia um médico. Pat viu que dizia alguma coisa à gerente e a voz estridente dela despachou as garçonetes voando como folhas em direção à cozinha.

"Fervam água! Muita água!"

As palavras soaram selvagens e irreais à alma oprimida de Pat. Mas, muito embora ele soubesse em primeira mão o que aconteceria, não achava que seria capaz de seguir em frente a partir dali.

Em parceria com o gênio

I

"Resolvi arriscar e mandei chamar você", disse Jack Berners. "Mas tenho aqui um trabalho em que *talvez* você possa nos ajudar."

Embora Pat Hobby não tivesse se ofendido, nem como homem nem como escritor, fazia-se necessário um protesto formal.

"Estou na indústria há quinze anos, Jack. Há mais filmes com meu nome nos créditos do que pulgas num cachorro."

"Talvez eu tenha escolhido mal as palavras", disse Jack. "O que quero dizer é que isso foi há muito tempo. Quanto à remuneração, vamos te pagar exatamente o que a Republic te pagou no mês passado: trezentos e cinquenta por semana. Agora me diga: você já ouviu falar de René Wilcox?"

O nome não soou familiar. Pat mal abrira um livro na última década.

"Ela é muito boa", arriscou.

"É um homem, um dramaturgo inglês. Só está aqui em L.A. para cuidar da saúde. Bem, estamos enrolados há um ano com um filme sobre balé russo — já tivemos três versões ruins. Então na semana passada contratamos René Wilcox — parecia a pessoa certa para a tarefa."

Pat refletiu.

"Você quer dizer que ele é..."

"Não sei e não me interessa", interrompeu Berners bruscamente. "Achamos que podemos pegar a Zorina* emprestada, de modo que precisamos acelerar as coisas — fazer um roteiro de filmagem em vez de apenas um tratamento. Wilcox não tem experiência, e é aí que você entra. Você costumava ser bom de estrutura."

"*Costumava* ser!"

"Está bem, talvez ainda seja." Jack sorriu, irradiando um encorajamento momentâneo. "Arranje uma sala para você e se entenda com René Wilcox." Quando Pat estava saindo, ele o chamou de volta e estendeu-lhe uma cédula. "Antes de mais nada, compre um chapéu novo. Você costumava arrancar suspiros das secretárias nos velhos tempos. Não vá desistir aos quarenta e nove!"

No Edifício dos Escritores, Pat deu uma olhada no painel informativo na parede do saguão e depois foi bater na porta da sala 216. Não houve resposta, mas ele entrou e se deparou com um jovem louro e esbelto de uns vinte e cinco anos olhando melancolicamente para fora da janela.

"Olá, René!", disse Pat. "Sou seu parceiro."

O olhar de Wilcox questionava até mesmo sua existência, mas Pat continuou com entusiasmo: "Eu soube que vamos dar um tapa num material juntos. Já trabalhou em parceria alguma vez?"

"Nunca escrevi para o cinema antes."

Embora isso aumentasse a chance de Pat ter seu nome nos créditos, algo de que estava tremendamente necessitado, significava também que ele talvez tivesse que labutar um tanto. Só de pensar nisso ele ficou com sede.

"É diferente de escrever teatro", sugeriu, com a devida gravidade.

"Sim — eu li um livro a respeito."

Pat teve vontade de rir. Em 1928, ele e outro sujeito haviam engendrado um engana-trouxa desse tipo, *Segredos da escrita*

* Vera Zorina (1917-2003), atriz e bailarina nascida na Alemanha, estrela de comédias musicais como *The Goldwyn Follies*, *Dançarina russa* e *Sucedeu no Carnaval*.

para cinema. Teria rendido um bom dinheiro se os filmes não tivessem começado a falar.

"Parece bem simples", disse Wilcox. De repente apanhou o chapéu no porta-chapéus. "Agora tenho que ir."

"Não quer conversar sobre o roteiro?", perguntou Pat. "O que você já fez até agora?"

"Não fiz nada", disse Wilcox ponderadamente. "Aquele idiota, Berners, me deu um lixo de texto e disse para eu trabalhar a partir daquilo. Mas é muito desanimador." Seus olhos azuis se apertaram. "Por exemplo, o que é uma tomada de grua?"

"Uma tomada de grua? Ora, é quando a câmera está numa grua em movimento."

Pat se debruçou sobre a mesa e apanhou um "Tratamento" com uma sobrecapa azul. Na página de rosto, leu:

SAPATILHAS DE BALÉ

Um tratamento

por

Consuela Martin

A partir de uma ideia original de Consuela Martin

Pat passou os olhos pelo começo e depois pelo final.

"Acho que seria melhor se enfiássemos a guerra em algum lugar", disse, franzindo o cenho. "Que tal fazer a bailarina servir como enfermeira da Cruz Vermelha e assim conseguir se redimir? Entende o que eu quero dizer?"

Não houve resposta. Pat se virou e viu a porta se fechar com delicadeza.

O que é isso?, exclamou. Que tipo de colaboração dá para fazer com um sujeito que vira as costas e sai andando? Wilcox nem sequer tinha dado a desculpa regulamentar — as corridas de cavalo em Santa Anita!

A porta se abriu de novo, o rosto bonito de uma moça, um tanto assustado, apareceu por um momento, disse “Oh” e desapareceu. Depois voltou.

“Ora, é o sr. Hobby!”, exclamou ela. “Eu estava procurando o sr. Wilcox.”

Ele vasculhou a memória em busca do nome dela, mas ela mesma o forneceu.

“Katherine Hodge. Fui sua secretária quando trabalhei aqui três anos atrás.”

Pat sabia que ela trabalhara com ele uma vez, mas não conseguiu lembrar de imediato se tinha havido um relacionamento mais profundo. Tinha a impressão de que não houvera um namoro — mas, ao olhar para ela agora, era algo a se lamentar.

“Sente-se”, disse Pat. “Você foi designada para o Wilcox?”

“Achei que tinha sido — mas ele não me passou nenhum trabalho ainda.”

“Acho que ele é biruta”, disse Pat, com pesar. “Me perguntou o que era uma tomada de grua. Talvez esteja doente — é por isso que está aqui. Provavelmente vai começar a vomitar na sala toda.”

“Ele está bem agora”, arriscou Katherine.

“Não é o que me parece. Venha até a minha sala. Você pode trabalhar para *mim* esta tarde.”

Pat ficou estendido no sofá enquanto a srta. Katherine Hodge lia em voz alta para ele o roteiro de *Sapatilhas de balé*. No meio da segunda sequência, ele caiu no sono com o chapéu novo sobre o peito.

II

Exceto pelo chapéu, foi nessa mesmíssima posição que ele encontrou René às onze da manhã do dia seguinte. E foi assim por três dias seguidos — ora era um que estava dormindo, ora o outro — e às vezes ambos. No quarto dia, tiveram várias conversas em que Pat aventou mais uma vez sua ideia sobre a guerra como uma força regeneradora para bailarinas.

"Será que podemos *não* falar sobre a guerra?", sugeriu René. Tenho dois irmãos que estão na infantaria."

"Você tem sorte de estar aqui em Hollywood."

"Que seja."

"Bem, qual é a sua ideia para o começo do filme?"

"Não gosto do começo atual. Ele me causa uma náusea quase física."

"Então precisamos colocar alguma coisa no lugar. É por isso que quero introduzir a guerra..."

"Estou atrasado para um almoço", disse René Wilcox. "Até logo, Mike."

Pat rosnou para Katherine Hodge:

"Ele pode me chamar do que quiser, mas alguém tem que escrever esse filme. Vou conversar com Jack Berners e contar para ele — mas acho que vamos os dois para o olho da rua."

Por mais dois dias ele se aboletou na sala de René, tentando incitá-lo à ação, mas sem resultado. No dia seguinte, desesperado — o dramaturgo não tinha sequer ido ao estúdio —, Pat tomou um comprimido de anfetamina e atacou a história sozinho. Andando de um lado para outro de sua sala com o tratamento na mão, ditava a Katherine — intercalando o ditado com um breve e tendencioso relato de sua vida em Hollywood. No final do dia tinha produzido duas páginas de roteiro.

A semana seguinte foi a mais penosa de sua vida — sem um momento sequer para passar uma cantada em Katherine Hodge. Aos poucos, com muitos rangidos, seu crânio emperrado se pôs em movimento. Anfetamina e grandes goles de café o despertavam de manhã, uísque o anestesiava à noite. Seus pés eram atacados por uma velha neurite e, à medida que seus nervos começavam a estalar, passou a nutrir uma aversão por René Wilcox, o que lhe servia como uma espécie de combustível substituto. Acabaria o roteiro sozinho e o entregaria a Berners com a declaração de que Wilcox não tinha contribuído sequer com uma frase.

Mas foi demais para ele — Pat tinha forçado a barra. Quando estava no meio do trabalho, entrou em parafuso e partiu para uma bebedeira de vinte e quatro horas — e na manhã seguinte, ao chegar de volta ao estúdio, encontrou uma mensagem dizendo que o sr. Berners queria ver o roteiro às quatro da tarde. Pat estava num estado de ressaca e confusão quando sua porta se abriu e René Wilcox entrou com um roteiro datilografado numa das mãos e uma cópia do bilhete de Berners na outra.

"Tudo bem", disse Wilcox. "Terminei a coisa."

"*O quê?* Você andou *trabalhando*?"

"Eu sempre trabalho à noite."

"O que você fez? Um tratamento?"

"Não, um roteiro de filmagem. No começo fiquei paralisado por preocupações pessoais, mas, depois que comecei, foi muito simples. É só a gente se colocar atrás da câmera e sonhar."

Pat se levantou, espantado.

"Mas supostamente deveríamos trabalhar juntos. Jack vai ficar furioso."

"Sempre trabalhei sozinho", disse Wilcox educadamente. "Explicarei a Berners esta tarde."

Pat voltou a se sentar, atordoado. E se o roteiro de Wilcox fosse bom — mas como um primeiro roteiro podia ser bom? Wilcox deveria tê-lo apresentado a ele à medida que escrevia; então quem sabe eles *tivessem* alguma coisa.

O medo fez sua cabeça começar a trabalhar — foi atingido por sua primeira ideia original desde que assumira aquele trabalho. Telefonou para o departamento de roteiros, chamou Katherine Hodge e, quando ela veio à sua sala, contou-lhe o que queria. Katherine hesitou.

"Eu só quero *ler* a coisa", Pat se apressou a dizer. "Se Wilcox estiver lá, você não vai poder pegar, claro. Mas talvez ele não esteja."

Esperou com ansiedade. Em cinco minutos ela estava de volta com o roteiro.

"Não está mimeografado e nem sequer encadernado", disse ela.

Ele estava diante da máquina de escrever, tremendo enquanto datilografava uma carta com dois dedos.

"Posso ajudar?", ela perguntou.

"Me arranje um envelope em branco, um selo usado e um pouco de cola."

Pat selou a carta ele mesmo e em seguida deu instruções:

"Apure os ouvidos diante da sala de Wilcox. Se ele estiver lá, enfie o envelope por baixo da porta. Se tiver saído, mande um office boy entregá-la a ele, onde quer que esteja. Diga que veio da sala do correio. Depois é melhor você sair do estúdio e não voltar mais esta tarde. Assim ele não vai ligar os pontos, entendeu?"

Quando ela saiu, Pat lamentou não ter feito uma cópia da carta. Estava orgulhoso dela — havia ali um toque de sinceridade real que com demasiada frequência faltava em seu trabalho.

Caro sr. Wilcox:

Lamento informá-lo de que seus dois irmãos foram mortos em combate hoje por um fuzil-metralhadora de longo alcance. Sua presença é requerida imediatamente em sua casa, na Inglaterra.

John Smythe
Consulado Britânico, Nova York

Mas Pat se deu conta de que não havia tempo para o autolouvor. Abriu o roteiro de Wilcox.

Para sua grande surpresa, era competente do ponto de vista técnico — as fusões, os escurecimentos, os cortes, as panorâmicas e os *travellings* estavam detalhados corretamente. Isso simplificava tudo. Voltando à primeira página, escreveu no alto:

SAPATILHAS DE BALÉ
Primeira versão revisada
De Pat Hobby e René Wilcox — em seguida mudou isso para:
De René Wilcox e Pat Hobby.

Então, trabalhando freneticamente, fez várias dúzias de pequenas alterações. Substituiu a expressão "Fora daqui!" por "Desapareça da minha frente!", colocou "Está pela bola sete" no lugar de "encrencado", e substituiu "Você vai se arrepender" pela hábil fórmula "Você vai ver só!". Depois telefonou para o departamento de roteiros.

"Aqui é Pat Hobby. Trabalhei num roteiro com René Wilcox, e o sr. Berners gostaria de tê-lo em mãos, mimeografado, às três e meia."

Isso lhe daria uma hora de vantagem sobre seu colaborador desinformado.

"É uma emergência?"

"Eu diria que sim."

"Vamos ter que dividir o original entre várias garotas."

Pat continuou a aperfeiçoar o roteiro até o mensageiro chegar. Queria introduzir sua ideia da guerra, mas o tempo era curto — ainda assim, ele acabou pedindo ao mensageiro que se sentasse, enquanto escrevia diligentemente a lápis na última página.

PLANO FINAL: BORIS E RITA

RITA: O que importa tudo isso agora? Eu me alistei como enfermeira na guerra.

BORIS (*comovido*): A guerra purifica e regenera!

(*Ele a envolve num arrebatado abraço enquanto a música sobe e a imagem escurece até se dissolver.*)

Trêmulo e exausto com todo esse esforço, ele precisava de um drinque, de modo que saiu do estúdio e entrou sorrateiramente no bar do outro lado da rua, onde pediu gim com água.

Com o calor da bebida, acalentou pensamentos animados. Tinha feito *quase* aquilo pelo qual havia sido contratado — embora sua mão tivesse, acidentalmente, caído mais sobre o diálogo do que sobre a estrutura. Mas como Berners poderia saber que a estrutura não era obra de Pat? Katherine Hodge não diria nada, por medo de se comprometer também. Eram todos culpados, porém o mais culpado de todos era René Wilcox, por se recusar a jogar o jogo. De acordo com suas próprias luzes, Pat sempre havia jogado o jogo.

Tomou outro drinque, comprou pastilhas para refrescar o hálito e divertiu-se por um momento na máquina caça-níqueis da loja de conveniências. Louie, o *bookie* do estúdio, perguntou se ele estava interessado em apostas de maior envergadura.

"Hoje não, Louie."

"Quanto estão te pagando, Pat?"

"Mil por semana."

"Até que não está ruim."

"Ah, uma porção de veteranos como eu está começando a voltar", profetizou Pat. "Nos tempos do cinema mudo é que tínhamos um verdadeiro aprendizado — com os diretores filmando de improviso e precisando de uma gag numa fração de segundo. Agora é moleza. Tem até professor de inglês trabalhando nos filmes! O que é que eles sabem?"

"Que tal fazer uma fezinha na Quaker Girl?"

"Não", disse Pat. "Esta tarde tenho uma questão de trabalho importante para resolver. Não quero me preocupar com cavalos."

Às três e quinze ele voltou para sua sala e se deparou com duas cópias de seu roteiro, com capas novas e brilhantes.

SAPATILHAS DE BALÉ
de
René Wilcox e Pat Hobby
Primeira versão revisada

Ver seu nome impresso lhe devolvia a autoconfiança. Enquanto esperava na antessala de Jack Berners, quase lamentou ter trocado a ordem dos nomes. Com o diretor certo aquilo poderia ser outro *Aconteceu naquela noite,* e ter seu nome em algo dessa magnitude significaria uns três ou quatro anos de vida boa. Mas desta vez ele pouparia seu dinheiro — iria a Santa Anita só uma vez por semana, arranjaria uma garota do tipo de Katherine Hodge, que não esperasse uma mansão em Beverly Hills.

A secretária de Berners interrompeu seu devaneio, dizendo-lhe que entrasse. Ao entrar, ele viu com satisfação que uma cópia do novo roteiro estava sobre a mesa de Berners.

"Você alguma vez...", perguntou Berners de repente, "... já procurou um psicanalista?"

"Não", admitiu Pat. "Mas suponho que eu possa me informar a respeito. É para um novo trabalho?"

"Não exatamente. É que eu acho que você está perdendo sua acuidade mental. Até para roubar ideias alheias é necessária uma certa astúcia. Acabo de falar com Wilcox pelo telefone."

"Wilcox deve estar doido", disse Pat, com agressividade. "Não roubei nada. O nome dele está no roteiro, não está? Duas semanas atrás eu arrumei a estrutura toda — cena por cena. Até escrevi uma cena inteira — no final, sobre a guerra."

"Ah, sim, a guerra", disse Berners, como se estivesse pensando em outra coisa.

"Mas se você prefere o final do Wilcox..."

"Sim, eu prefiro o final dele. Nunca vi um homem aprender esse ofício tão rápido." Fez uma pausa. "Pat, você só disse uma verdade desde que entrou nesta sala — que não roubou coisa alguma de Wilcox."

"Claro que não. Eu *forneci* material para ele."

Mas um certo abatimento, um mal-estar cinzento, foi tomando conta dele à medida que Berners prosseguia:

"Eu disse a você que tínhamos três roteiros. Você usou um antigo, que tínhamos descartado um ano atrás. Wilcox estava na sala dele quando a sua secretária chegou, e mandou pra você esse roteiro antigo. Esperto, né?"

Pat ficou sem fala.

"Veja só, ele e aquela moça gostam um do outro. Ao que parece, ela datilografou uma peça para ele no último verão."

"Eles gostam um do outro", disse Pat, incrédulo. "Ora, ele..."

"Pode parar, Pat. Você já se meteu em encrenca suficiente por hoje."

"A culpa é dele", gritou Pat. "Ele não colaborava — e esse tempo todo..."

"... ele estava escrevendo um ótimo roteiro. E certamente vai se virar muito bem se conseguirmos convencê-lo a ficar por aqui e escrever outro."

Pat não aguentou mais. Pôs-se de pé.

"De todo modo eu te agradeço, Jack", disse com hesitação. "Telefone para o meu agente se aparecer alguma coisa." Em seguida disparou de modo súbito e surpreendente em direção à porta.

Pelo interfone, Jack Berners ligou para sala do presidente.

“Já teve a chance de ler?”, perguntou, com um tom de ansiedade.

“É ótimo. Melhor do que você disse. Wilcox está aqui comigo agora.”

“Você o contratou?”

“Vou fazer isso. Parece que ele quer trabalhar com Hobby. Olhe aqui, fale com ele.”

A voz um tanto aguda de Wilcox emanou do aparelho.

“Preciso do Mike Hobby”, disse. “Sou grato a ele. Tive uma briga com uma certa mocinha pouco antes de ele aparecer, mas hoje Hobby nos uniu novamente. Além disso, quero escrever uma peça sobre ele. Portanto, deixem-no comigo — já que vocês não querem mais saber dele.”

Berners interfonou para sua secretária.

“Procure o Pat Hobby. Ele provavelmente está no bar do outro lado da rua. Vamos pagar um salário para ele de novo, mas vamos nos arrepender.” Desligou, ligou de novo. “Ah! Leve o chapéu dele. Ele largou aqui.”

Pat Hobby e Orson Welles

I

"Quem é esse tal de Welles?", Pat perguntou a Louie, o *bookie* do estúdio. "Toda vez que eu pego um jornal estão falando desse Welles."

"Você sabe, é aquele cara de barba", explicou Louie.

"Claro, eu sei que ele usa barba, não tem como não saber. Mas qual é o currículo dele? O que ele fez pra ganhar cento e cinquenta mil por filme?"

De fato, o que ele teria feito? Acaso estava em Hollywood há mais de vinte anos, como Pat? Seu nome estivera em tantos créditos de filmes que chegava a espantar, e isso até... bem, até cinco anos atrás, quando os trabalhos de Pat começaram a escassear e os períodos de seca ficaram cada vez mais longos?

"Olha — essa gente não dura muito", disse Louie, em tom de consolo. "Eles vêm e vão, e a gente fica. Ei, Pat...?

Sim — mas enquanto isso aqueles que sempre suaram a camisa labutando sob o sol escaldante tinham de se julgar felizardos quando arranjavam algumas semanas de contrato a trezentos e cinquenta dólares. Homens que em outros tempos tiveram esposas, piscinas e serviçais filipinos.

"Vai ver que é a barba", disse Louie. "Quem sabe a gente devesse deixar a barba crescer. Meu pai tinha barba, mas isso nunca o tirou da parte pobre da Grand Street."

O dom da esperança não abandonara Pat ao longo de seus infortúnios — e o elemento valioso dessa esperança era a proximidade.

Acima de tudo a gente precisa se manter por perto, precisa estar ali quando a mente cansada e inerte do produtor depara com a pergunta "Quem?". Sendo assim, Pat não demorou a sair do bar e atravessar a rua em direção ao estúdio que era o seu lar.

Quando estava passando pela entrada lateral, um segurança que ele não conhecia barrou seu caminho.

"Agora todo mundo tem que entrar pelo portão da frente."

"Eu sou Hobby, o roteirista", disse Pat.

O cossaco não se impressionou.

"Posso ver sua credencial?"

"Estou entre um filme e outro. Tenho uma reunião agendada com Jack Berners."

"Pelo portão da frente."

Ao virar as costas, Pat pensou furiosamente: "Keystone Cop* nojento!". Em sua imaginação ele trocava tiros com o sujeito. Bang! na barriga. Bang! Bang! Bang!

No portão da frente também havia uma cara nova.

"Onde está o Ike?", indagou Pat.

"O Ike foi embora."

"Olha, tudo bem, sou Pat Hobby. O Ike sempre me deixa passar."

"Por isso mesmo é que ele foi embora", disse o guarda, imperturbável. "Quem o senhor quer ver?"

Pat hesitou. Detestava incomodar um produtor.

"Ligue para o escritório de Jack Berners", disse. "Fale com a secretária dele."

Depois de um minuto o homem voltou do telefone.

"Qual é o assunto?"

"Um filme."

Esperou por uma resposta.

* *Keystone Cops*, série cômica de filmes mudos protagonizados por policiais (*cops*), produzidos por Mack Sennett para sua companhia, Keystone Studios, entre 1912 e 1917.

"Ela quer saber que filme."

"Que inferno", esbravejou Pat. "Olhe... chame o Louie Griebel. Não sei por que tanta onda."

"São ordens do sr. Kasper", disse o funcionário. "Na semana passada um visitante de Chicago caiu na máquina de fazer vento... Alô. Sr. Louie Griebel?"

"Eu falo com ele", disse Pat, arrebatando o telefone.

"Não posso fazer nada, Pat", lamentou-se Louie. "Tive dificuldades para fazer meu ajudante entrar esta manhã. Um palerma de Chicago caiu na máquina de vento."

"E o que isso tem a ver comigo?", perguntou Pat com veemência.

Saiu caminhando, um pouco mais depressa que de costume, ao longo do muro do estúdio, até o ponto em que este fazia divisa com o vasto terreno dos fundos, onde ficavam os cenários externos. Havia um guarda lá, mas muita gente entrava e saía o tempo todo, e Pat se juntou a um desses grupos. Uma vez lá dentro, procuraria Jack e seria dispensado daquela interdição absurda. Ora, ele conhecia aquele lugar desde que as primeiras barracas estavam sendo erguidas, quando aquilo era visto como os confins do deserto.

"Desculpe, senhor. Está com esse grupo?"

"Estou com pressa", disse Pat. "Perdi minha credencial."

"Ah é? Bem, até onde eu sei o senhor pode ser um agente à paisana." Abriu um exemplar de uma revista de fotografia sob o nariz de Pat. "Eu não o deixaria entrar nem se me dissesse que era este Orson Welles aqui."

II

Há um velho filme de Chaplin sobre um bonde lotado em que a entrada de um homem pela porta de trás obriga outro a ser despejado pela da frente. Uma imagem semelhante vinha à mente de Pat nos dias seguintes sempre que ele pensava em Orson Welles. Welles entrava, Hobby saía. O estúdio nunca tinha barrado Pat antes e, embora Welles estivesse em outra produtora, era como se seu corpo enorme, emergindo impetuosamente do nada, tivesse empurrado Pat para fora dos portões.

"E agora, para onde ir?", pensou Pat. Tinha trabalhado nos outros estúdios, mas eles não eram o seu. Naquele estúdio ele nunca se sentia desempregado — nos tempos recentes de penúria, chegara a comer refeições de cena em seus sets: metade de uma lagosta fria usada numa cena de *A divina srta. Carstairs*; tinha dormido com frequência nos cenários, e no inverno anterior fizera uso de um casaco Chesterfield do departamento de figurino. Orson Welles não tinha nada que expulsá-lo disso tudo. O lugar de Orson Welles era lá em Nova York, com os outros esnobes.

No terceiro dia, ele estava enlouquecido de melancolia. Mandara recado após recado a Jack Berners e até pedira a Louie para interceder — agora tinha ficado sabendo que Jack estava fora da cidade. Tinham sobrado tão poucos amigos. Desolado, ele ficou parado diante do portão dos carros com um grupo de crianças deslumbradas, sentindo que chegara ao fundo do poço.

Uma bela limusine saiu pelo portão e, em seu interior, Pat reconheceu o imponente e balofo rosto romano de Harold Marcus. O carro veio em direção às crianças e, quando uma delas atravessou na sua frente, reduziu a velocidade. O velho falou pelo interfone e o carro parou. Pôs a cabeça para fora, pestanejando.

"Não tem nenhum guarda por aqui?", perguntou a Pat.

"Não, sr. Marcus", disse Pat, mais do que depressa. "Deveria haver. Sou Pat Hobby, o roteirista — o senhor pode me dar uma carona rua acima?"

Aquilo não tinha precedentes — era um ato de desespero, mas a necessidade de Pat era grande.

O sr. Marcus o examinou atentamente.

"Ah, sim, eu me lembro de você", disse. "Entre."

Talvez ele quisesse dizer para entrar na frente, ao lado do motorista. Pat adotou uma solução intermediária abrindo um dos pequenos assentos dobráveis. O sr. Marcus era um dos homens mais poderosos do mundo do cinema. Já não se ocupava mais da produção. Passava a maior parte do tempo viajando de uma costa a outra em trens expressos, fundando e fundindo empresas, fundando e fundindo, como uma mulher divorciada várias vezes.

"Um dia uma criança dessas vai se machucar."

"Sim, sr. Marcus", concordou Pat, com entusiasmo. "Sr. Marcus..."

"Deviam colocar um guarda ali."

"Sim, sr. Marcus. Sr. Marcus..."

"Hmmm!", disse o sr. Marcus. "Onde você quer que o deixemos?"

Pat viu que tinha que agir rápido.

"Sr. Marcus, quando fui seu assessor de imprensa..."

"Eu sei", disse o sr. Marcus. "Você pediu um aumento de dez dólares por semana."

"Que memória!", exclamou Pat, de puro contentamento. "Que memória! Mas sr. Marcus, agora eu não quero coisa alguma."

"Isso é um milagre."

"Tenho necessidades modestas, sabe, e poupei o bastante para me aposentar."

Esticou os pés para esconder os sapatos sob uma cortininha, e o casaco Chesterfield ocultava eficazmente todo o resto.

"É isso que eu queria", disse o sr. Marcus com pesar. "Uma fazenda — com galinhas. Talvez um campinho de golfe de nove buracos. Sem nem saber das cotações da bolsa."

"Eu quero me aposentar, mas de um jeito diferente", disse Pat, sério. "Os filmes sempre foram a minha vida. Quero vê-los crescer e crescer..."

O sr. Marcus gemeu.

"Até explodirem", disse ele. "Veja a Fox! Eu até chorei." Apontou para os próprios olhos: "Lágrimas!"

Pat concordou com a cabeça, solidário.

"Eu só quero uma coisa." Da antiga familiaridade ele passou para um estilo de discurso mais rebuscado. "Eu deveria poder entrar no estúdio a qualquer momento. Por nada. Só para estar ali. Não perturbaria ninguém. Apenas ajudaria um pouco, em troca de nada, se algum jovem quisesse conselho."

"Procure Berners", disse Marcus.

"Ele me disse para procurar o senhor."

"Então você queria, sim, alguma coisa", sorriu Marcus. "Tudo bem, por mim tudo bem. Agora, onde você vai querer descer?"

"O senhor pode me dar um passe de acesso?", pediu Pat. "Só uma palavra no seu cartão?"

"Vou ver o que é possível", disse o sr. Marcus. "Neste momento tenho outras coisas na cabeça. Estou indo para um almoço." Suspirou profundamente. "Querem que eu conheça o tal Orson Welles, esse novato que está em Hollywood."

O coração de Pat estremeceu. Lá estava ele de novo — aquele nome, sinistro e impiedoso, estendendo-se como uma nuvem escura sobre todos os seus céus.

"Sr. Marcus", disse ele, com tanta sinceridade que sua voz tremia, "eu não me surpreenderia se me dissessem que Orson Welles é a maior ameaça que chegou a Hollywood nos últimos anos. Ele ganha cento e cinquenta mil dólares por filme, e eu não ficaria surpreso se, de tão radical, ele obrigasse os estúdios a renovar seu equipamento todo e começar do zero, como vocês tiveram que fazer quando surgiu o som em 1928."

"Oh, meu Deus!", gemeu o sr. Marcus.

"E eu", disse Pat, "só o que eu quero é um passe de acesso e nenhum dinheiro — para deixar as coisas como estão."

O sr. Marcus estendeu o braço e apanhou seu porta-cartões.

III

Para aqueles que se agrupam sob a palavra "talento", a atmosfera de um estúdio não é sempre agradável — o sujeito oscila muito rapidamente entre altas esperanças e apreensões graves. Os poucos que decidem as coisas estão satisfeitos com seu trabalho e convictos de que merecem o que ganham — os demais vivem numa névoa de dúvida em relação a quando sua vasta inadequação será revelada.

A psicologia de Pat era, estranhamente, a mesma dos chefões e, de modo geral, ele estava despreocupado, ainda que sem salário. Mas agora havia uma grande pedra em seu sapato: pela primeira vez na vida ele começava a sentir uma crise de identidade. Por razões que ele não entendia muito bem, ainda que talvez tivessem a ver com suas próprias conversas, algumas pessoas começaram a chamá-lo de "Orson".

Ora, perder a identidade é coisa de gente descuidada, seja qual for o caso. Mas perdê-la para um inimigo, ou pelo menos para alguém que virou um bode expiatório para todos os nossos infortúnios — isso é dureza. Pat *não* era Orson. Qualquer suposta semelhança certamente era forçada, e ele estava ciente disso. O efeito final era fazer dele, nesse aspecto, uma espécie de excêntrico.

"Pat", disse Joe, o barbeiro. "O Orson esteve aqui hoje e me pediu para aparar sua barba."

"Espero que você tenha posto fogo nela", disse Pat.

"Eu pus", Joe piscou por cima de uma toalha quente para um cliente. "Ele me pediu para cortar as pontas e eu acabei raspando tudo. Agora o rosto dele está tão pelado quanto o seu. Na verdade, vocês são meio parecidos."

Era de manhã e a piada era tão onipresente que, para evitá-la, Pat resolveu dar um tempo no bar do Mario, do outro lado da rua. Não estava bebendo — isto é, não no bar, porque só lhe restavam trinta centavos, mas se reabastecia frequentemente com o frasquinho que trazia no bolso traseiro. Precisava de estímulo para pedir um empréstimo logo mais e sabia que era mais fácil conseguir dinheiro emprestado quando não se tinha um ar de necessidade urgente.

Sua vítima, Jeff Boldini, estava num humor pouco favorável. Ele também era artista, só que bem-sucedido, e certa grande dama das telas acabara de irritá-lo ao criticar uma peruca que ele fizera para ela. Contou a história em detalhes a Pat, que esperou que ele terminasse antes de mencionar seu pedido.

"Nada feito", disse Jeff. "Que diabo, você não me pagou o que pegou emprestado no mês passado."

"Mas agora tenho um emprego", mentiu Pat. "Seria só para eu me aguentar um pouquinho. Começo amanhã."

"Isso se não derem o emprego ao Orson Welles", disse Jeff, zombeteiramente.

Os olhos de Pat se apertaram, mas ele conseguiu emitir uma risada educada de devedor.

"Espere um pouco", disse Jeff. "Sabe que eu te acho parecido com ele?"

"Sei, sei."

"É sério. Seja como for, eu posso te deixar parecido com ele. Posso te fazer uma barba tão igual à dele que você poderia ser seu dublê."

"Eu não seria dublê dele nem por cinquenta mil dólares."

Jeff inclinou a cabeça e ficou observando Pat.

"Consigo, sim", disse. "Venha até a minha cadeira e deixe-me ver."

"Sem essa."

"Ah, vai, me deixa tentar. Você não tem nada para fazer mesmo. Só vai trabalhar amanhã."

"Eu não quero uma barba."

"Você pode tirar quando quiser."

"Não quero."

"Não vai te custar nada. Na verdade, eu até *pago* pra você — te empresto as dez pratas, se você me deixar te fazer uma barba."

Meia hora depois, Jeff examinava sua obra concluída.

"Está perfeito", disse. "Não só a barba, mas os olhos e tudo mais."

"Tá bom, mas agora tira tudo", disse Pat, taciturno.

"Qual é a pressa? É um belo agasalho. Uma obra de arte. Devíamos registrar com uma câmera. Pena que você vai começar a trabalhar amanhã — estão usando uma dúzia de figurantes barbados no set de Sam Jones e um deles foi parar na cadeia numa blitz contra homossexuais. Aposto que com essa plumagem você conseguiria o emprego."

Fazia semanas que Pat não ouvia a palavra "emprego" e nem ele mesmo saberia dizer como estava conseguindo existir e comer. Jeff percebeu o brilho em seus olhos.

"O que me diz? Eu te levo de carro até lá, só por diversão", apelou Jeff. "Quero ver se o Sam é capaz de perceber que a barba é falsa."

"Sou um escritor, não um canastrão."

"Ora, vamos! Ninguém vai te reconhecer por trás dessa barba. E você ganha mais dez pratas."

Quando estavam saindo do departamento de maquiagem, Jeff se demorou um pouco atrás de Pat. Numa tira de cartolina, escreveu com pincel atômico o nome Orson Welles em grandes letras de fôrma. E do lado de fora, sem que Pat notasse, grudou a cartolina no para-brisa de seu carro.

Não foi direto ao set de filmagem. Em vez disso, rodou sem muita pressa pela rua principal do estúdio. Diante do prédio da administração, parou a pretexto de que o motor estava falhando, e em pouco tempo uma multidão pequena, mas sem dúvida muito curiosa, começou a se juntar. Mas não estava nos planos de Jeff ficar parado em algum lugar por muito tempo, então ele sentou de novo ao volante e eles partiram para um tour ao redor do refeitório.

"Pra onde estamos indo?", quis saber Pat.

Ele já havia feito uma tentativa nervosa de arrancar a barba, mas, para sua surpresa, ela não saía de jeito nenhum.

Queixou-se disso para Jeff.

"Claro", explicou Jeff. "Ela é feita para durar. Você vai ter que ensopá-la para tirar."

O carro parou por um momento diante da porta do refeitório. Pat viu olhos arregalados a encará-lo e encarou-os de volta do banco traseiro.

"Até parece que é a única barba em todo o estúdio", disse, acabrunhado.

"Dá para entender o que o Orson Welles sente."

"Ele que vá para o inferno."

Esse colóquio teria desconcertado as pessoas em torno do carro, para as quais ele era ninguém mais, ninguém menos, que o sujeito em pessoa.

Jeff seguiu rodando devagar pela rua. À frente deles caminhava um grupo de homens — um deles, voltando-se para trás, viu o carro e chamou a atenção dos outros. Em seguida, o membro mais velho da turma ergueu os braços, no que parecia ser uma atitude defensiva, e tombou na calçada enquanto o carro passava.

"Meu Deus, você viu aquilo?", exclamou Jeff. "Era o sr. Marcus."

Freou o carro. Um homem agitado chegou correndo e colocou o rosto na janela.

"Sr. Welles, o nosso sr. Marcus teve um ataque cardíaco. Será que podemos usar seu carro para levá-lo à enfermaria?"

Pat arregalou os olhos. Em seguida apressou-se em abrir a porta do outro lado e saiu voando do carro. Nem mesmo a barba foi capaz de impedir sua fuga desenfreada. O guarda no portão, sem reconhecer o personagem encarnado, tentou trocar umas palavras com ele, mas Pat se livrou dele com a facilidade de um triatleta e não parou até chegar ao bar do Mario.

Três figurantes barbados estavam em pé junto ao balcão, e foi com alívio que Pat se misturou àquela confraria de barbas. Com mão trêmula, tirou do bolso a nota de dez dólares arduamente conquistada.

"Abasteça a turma", bradou, com voz rouca. "Todo barbudo ganha um drinque por minha conta."

O segredo de Pat Hobby

I

A angústia em Hollywood é endêmica e sempre pungente. Quase invariavelmente, um executivo está sendo consumido por algum problema insolúvel e, democraticamente, faz todo mundo participar do sentimento, de graça. O problema, seja ele de saúde, seja de produção, é enfrentado corajosamente com gemidos remunerados entre mil e cinco mil dólares por semana. É assim que os filmes são feitos.

"Mas essa me derrubou", disse o sr. Banizon, "... pois como é que a granada foi parar na mala de Claudette Colbert ou Betty Field ou seja lá quem a gente decidir usar? Temos que explicar isso de modo a fazer o público acreditar".

Ele estava no escritório de Louie, o *bookie* do estúdio, e seu público no momento incluía também Pat Hobby, venerável operário do roteiro de quarenta e nove anos. O sr. Banizon não esperava uma sugestão de nenhum dos dois, mas fazia uma semana que vinha falando em voz alta consigo mesmo sobre o problema, e não conseguia parar.

"Quem está escrevendo o roteiro?", perguntou Louie.

"R. Parke Woll", disse Banizon, indignado. "Primeiro, eu comprei este ponto de partida de outro escritor, veja bem. Um argumento grandioso, mas apenas um argumento. Então chamei o R. Parke Woll, o dramaturgo, e nos reunimos duas ou três vezes para desenvolver a história. Então, quando estávamos próximos de concluir o trabalho, o agente dele chegou alardeando que não deixaria Woll dizer mais nem uma palavra a menos que eu lhe contratasse por oito semanas a três mil dólares por semana! E eu só precisava dele por mais um dia!"

A quantia fez os velhos olhos de Pat brilharem. Dez anos atrás ele se acomodara numa faixa salarial semelhante — agora se dava por feliz quando conseguia algumas semanas por duzentos e cinquenta cada. Seu talento, depois de queimado, não foi capaz de produzir uma segunda floração.

"O pior de tudo é que Woll me contou o final", continuou o produtor.

"Então o que você está esperando?", indagou Pat. "Não precisa mais lhe pagar nem um centavo."

"Eu esqueci!", rosnou o sr. Banizon. "Dois telefones estavam tocando ao mesmo tempo na minha sala — um deles era de um diretor em filmagem. E, enquanto eu falava ao telefone, Woll teve que sair às pressas. Agora não consigo me lembrar e não posso chamá-lo de volta."

De modo perverso, o senso de justiça de Pat Hobby estava do lado do produtor, não do escritor. Banizon quase conseguira ser mais esperto que Woll, mas aí um golpe abrupto lhe puxara o tapete. E agora o dramaturgo, com a insolência de um esnobe vindo da costa leste, mantinha-o refém, com um resgate estipulado em vinte e quatro mil dólares. E isso com o mercado europeu desativado. Com a guerra.

"E agora ele está sempre de porre", disse Banizon. "Sei disso porque coloquei um homem para segui-lo. É pra deixar qualquer um doido — eu tenho a história toda, menos o desfecho. De que me adianta isso?"

"Se ele estiver bêbado, talvez deixe a coisa escapar", sugeriu Louie, com senso prático.

"Não para mim", disse o sr. Banizon. "Pensei nisso, mas ele reconheceria a minha cara."

Tendo chegado a esse beco sem saída, o sr. Banizon escolheu um cavalo no terceiro páreo e um no sétimo e se preparou para sair.

"Tenho uma ideia", disse Pat.

O sr. Banizon olhou com desconfiança para os velhos olhos avermelhados.

"Não tenho tempo para ouvir agora", disse ele.

"Não estou vendendo nada", Pat lhe garantiu. "Tenho um contrato quase acertado com a Paramount. Mas uma vez eu trabalhei com esse R. Parke Woll e talvez consiga descobrir o que você quer saber."

Ele e o sr. Banizon saíram da sala juntos e caminharam lentamente pelo estúdio. Uma hora mais tarde, por um adiantamento de cinquenta dólares, Pat foi encarregado de descobrir como uma granada ainda ativa foi parar na mala de Claudette Colbert ou Betty Field ou seja lá quem fosse a dona da mala.

II

O rastro que R. Parke Woll andava deixando pela Cidade dos Anjos não teria atraído muita atenção nos anos 1920; nos amedrontados 1940, soava como uma gargalhada na igreja. Era fácil segui-lo: tinha sido convidado a sair de dois hotéis, mas se instalara numa rotina em que trazia seus aposentos sempre à mão. Uma turma pequena, mas esperta, de ratos e doninhas, fornecia-lhe apoio moral em sua jornada — jornada à qual Pat se juntou às duas da madrugada no Conk's Old Fashioned Bar.

O Conk's Bar era mais altivo do que sugeria seu nome, ostentando *cigarette girls** e um leão-de-chácara chamado

* Moças com trajes exíguos e coloridos que vendiam cigarros dispostos num tabuleiro pendurado no pescoço.

Smith, que certa vez tinha aguentado uma hora inteira contra o Tarzan White. O sr. Smith era um homem amargurado que se expressava beliscando o traseiro dos fregueses que entravam e saíam, e assim Pat foi recebido. Quando se recuperou do susto, avistou R. Parke Woll num grupo diversificado em torno de uma mesa e caminhou até lá com ar de surpresa.

"Olá, bonitão", disse a Woll. "Lembra de mim? Pat Hobby?"

R. Parke Woll teve dificuldade para colocá-lo em foco, virando a cabeça primeiro para um lado, depois para o outro, deixando-a pender e em seguida saltar para a frente como uma naja batendo uma foto instantânea. Evidentemente reconheceu a imagem, pois disse:

"Pat Hobby! Sente-se e peça alguma coisa. Cavalheiros, este é Pat Hobby — o melhor escritor canhoto de Hollywood. Pat, como vai a vida?"

Pat se sentou, em meio a olhares suspeitos de uma dúzia de olhos de rapina. Seria Pat um velho amigo, enviado para levar o dramaturgo de volta para casa?

Pat notou isso e esperou cerca de meia hora até se ver sozinho com Woll no banheiro.

"Escute, Parke, o Banizon mandou espionarem você", disse ele. "Não sei por que ele está fazendo isso. O Louie que me deu a dica, lá no estúdio."

"Você não sabe o motivo?", gritou Parke. "Bom, mas eu sei. Tenho algo que ele quer — é esse o motivo!"

"Está devendo dinheiro para ele?"

"Dever dinheiro para ele. Ora essa, é *ele* que me deve dinheiro! Ele me deve o pagamento por três longas e árduas reuniões — eu delineei um filme inteiro para ele." Seu dedo oscilante tocou a testa em vários pontos. "O que ele quer está aqui."

Passou-se uma hora em torno da mesa turbulenta e orgiástica. Pat esperou — até que, inevitavelmente, no lento e limitado ciclo da bebedeira, a mente de Woll voltou ao assunto.

"O engraçado é que eu contei a ele quem colocou a granada na mala e por quê. E aí o Grande Gênio esqueceu."

Pat teve uma inspiração.

"Mas a secretária dele lembrava."

"Sério?" Woll ficou pasmo. "Secretária... não me lembro de nenhuma secretária."

"Ela entrou na sala", arriscou Pat, sem jeito.

"Bom, então ele tem que me pagar ou eu lhe meto um processo, juro por Deus."

"Banizon diz que tem uma ideia melhor."

"Uma ova que tem. Minha ideia era espetacular. Escuta só..."

Falou por dois minutos.

"Gostou?", perguntou. Ficou olhando para Pat à espera de aplausos — nesse momento deve ter visto algo nos olhos de Pat que não era para ele ver. "Ora, seu patife", gritou. "Você falou com Banizon — foi ele que te mandou aqui."

Pat se levantou e correu como uma lebre para a porta. Teria chegado à rua antes que Woll pudesse alcançá-lo, se não fosse pela intervenção do sr. Smith, o porteiro.

"Onde pensa que vai?", ele perguntou, agarrando Pat pela lapela.

"Não o solte!", gritou Woll, chegando perto. Tentou golpear Pat, mas errou e o soco acabou atingindo em cheio a boca do sr. Smith.

Já foi mencionado que o sr. Smith era um homem tão amargurado quanto vigoroso. Ele largou Pat, agarrou R. Parke Woll pelos fundilhos e pelo ombro, ergueu-o bem alto e em seguida, com um gesto de gigante, arremessou seu corpo contra o chão. Três minutos depois Woll estava morto.

III

Exceto em grandes escândalos, como no caso Arbuckle,* a indústria protege os seus — e a indústria incluía Pat, ainda que de modo intermitente. Ele saiu da prisão na manhã seguinte, sem pagar fiança, requisitado apenas como testemunha ocular. A publicidade foi até boa — pela primeira vez em um ano seu nome apareceu nos jornais do setor. Além disso, ele era agora o único homem vivo que sabia como a granada tinha ido parar na mala de Claudette Colbert (ou Betty Field).

"Quando é que você pode vir me ver?", perguntou o sr. Banizon.

"Depois do meu depoimento de amanhã", disse Pat, saboreando o momento. "Ainda estou meio abalado — fiquei até com dor de ouvido."

Isso também indicava poder. Só quem estava "por cima" podia falar de sua saúde e ser ouvido.

"Woll te contou mesmo?", indagou Banizon.

"Contou", disse Pat. "E vale bem mais que cinquenta dólares. Vou contratar um novo agente e levá-lo ao seu escritório."

"Tenho um plano melhor", apressou-se Banizon. "Vou colocar você na folha de pagamento. Quatro semanas ao seu preço habitual."

"Qual é o meu preço?", perguntou Pat, de mau humor. "Eu já transitei entre todos os valores, de mil dólares a zero." E acrescentou de modo ambíguo: "Como diz Shakespeare, 'todo homem tem seu preço'."

* Roscoe "Fatty" Arbuckle (1887-1933), chamado no Brasil de Chico Boia, foi um ator cômico do cinema mudo que teve a carreira manchada após se envolver num escândalo em 1921: a aspirante a atriz Virginia Rappe morreu depois de uma festa promovida por ele numa suíte de hotel em San Francisco. Na autópsia, constatou-se que ela tinha sido estuprada e tivera o peritônio perfurado por um objeto, provavelmente uma garrafa.

Os roedores que cercavam R. Parke Woll tinham desaparecido com seu pequeno espólio em suas convenientes tocas de ratos, deixando o sr. Smith como réu e, como testemunhas, Pat e duas *cigarette girls* apavoradas. A linha de defesa do sr. Smith era de que ele tinha sido atacado. No inquérito, uma *cigarette girl* concordou com ele — a outra o acusou de usar violência desnecessária. Pat Hobby era o próximo, mas, antes que seu nome fosse chamado, ele teve um sobressalto quando uma voz falou às suas costas.

"Se você testemunhar contra meu marido, eu arranco sua língua pela raiz."

Uma mulher enorme como um dinossauro, com mais de um metro e oitenta de altura e uma largura proporcional, estava debruçada sobre a sua cadeira.

"Pat Hobby, queira se aproximar, por favor... agora, sr. Hobby, conte-nos exatamente o que aconteceu."

O olhos malignos do sr. Smith estavam fixos nos seus e ele sentia o olhar da companheira do leão-de-chácara perfurar sua nuca em busca da sua língua. Uma hesitação natural o invadiu.

"Não sei exatamente", disse, e então teve uma inspiração momentânea: "Só sei que tudo ficou branco!"

"*O quê?*"

"Foi o que aconteceu. Vi tudo branco. Assim como alguns sujeitos veem tudo vermelho ou preto, eu vi tudo branco."

Houve uma rápida troca de olhares entre as autoridades.

"Bem, o que aconteceu desde o momento em que o senhor entrou no restaurante... até o momento em que viu tudo branco?"

"Bom...", disse Pat, tentando ganhar tempo. "Foi tudo meio desse jeito. Eu cheguei, sentei e começou a ficar tudo preto."

"O senhor quer dizer branco."

"Preto *e* branco."

Um riso sufocado espalhou-se no recinto.

"Testemunha dispensada. O réu segue em detenção preventiva."

O que era aguentar uma pequena zombaria quando tanta coisa estava em jogo? Durante toda aquela noite uma amazona o perseguiu em seus sonhos, de modo que na manhã seguinte ele precisou de uma bebida forte antes de aparecer no escritório do sr. Banizon. Estava acompanhado por um dos poucos agentes de Hollywood que ainda não tinham tomado distância dele.

"Pagamento à vista de quinhentos", ofereceu Banizon. "Ou quatro semanas a duzentos e cinquenta por semana para trabalhar em outro filme."

"O senhor quer muito essa informação?", perguntou o agente. "Meu cliente acha que ela vale três mil."

"Do meu dinheiro?", bradou Banizon. "E a ideia não é nem *dele*. Agora que Woll morreu, ela caiu em domínio público."

"Não é bem assim", disse o agente. "Acho, como o senhor, que as ideias estão, por assim dizer, no ar. Pertencem a quem as pegar no momento — como balões."

"Bom, quanto, então?", perguntou o sr. Banizon, temeroso. "Como posso saber se ele tem a ideia?"

O agente se virou para Pat.

"Podemos deixá-lo saber por... mil dólares?"

Depois de um momento, Pat concordou com a cabeça. Alguma coisa o estava perturbando.

"Tudo bem", disse Banizon. "Esta tensão está me deixando maluco. Fechamos por mil."

Fez-se silêncio.

"Desembucha, Pat", disse o agente.

Nenhuma palavra da parte de Pat. Esperaram. Quando Pat por fim falou, sua voz parecia vir de longe.

"Ficou tudo branco", disse, ofegando.

"*O quê?*"

"Não posso fazer nada — ficou tudo branco. É tudo o que vejo — branco. Lembro de ter ido ao banheiro, mas depois fica tudo branco."

Por um momento acharam que ele estava segurando o segredo. Então o agente percebeu que Pat de fato tinha sido vítima de um bloqueio psicológico. O segredo de R. Parke Woll estava a salvo para sempre. Tarde demais, Pat se deu conta de que mil dólares lhe escapavam pelos vãos dos dedos e tentou desesperadamente recuperar o controle.

"Eu me lembro, eu me lembro! Foi colocada na mala por um ditador nazista."

"Talvez tenha sido a própria garota que a colocou na mala", ironizou Banizon. "Confundiu com a pulseira."

Por muitos anos o sr. Banizon seria atormentado por aquele problema insolúvel. E enquanto fuzilava Pat com o olhar, desejou que os escritores pudessem ser completamente prescindíveis. Se ao menos as ideias pudessem ser arrancadas de graça do ar!

Pat Hobby, pai putativo

I

A maioria dos escritores parece mesmo escritores, queira ou não. É difícil dizer a razão — pois eles calcam caprichosamente seu aspecto exterior em investidores de Wall Street, reis do gado ou exploradores ingleses, mas acabam todos com cara de escritores, tão estereotipados quanto "O Público" ou "Os Aproveitadores" nos desenhos animados.

Pat Hobby era a exceção. Não parecia um escritor. E só num único cantinho da república ele poderia ser identificado como membro do mundo do entretenimento. Mesmo ali, o primeiro palpite seria de que ele era um figurante passando por uma má fase, ou um ator secundário especializado em encarnar aquele tipo de pai que *nunca* deveria voltar para casa. Mas escritor ele era: tinha colaborado em mais de uma dúzia de roteiros de filmes, em sua maioria, é preciso admitir, anteriores a 1929.

Escritor? Ele tinha uma mesa no Edifício dos Escritores do estúdio; tinha canetas, papel, secretária, clipes, uma pasta para memorandos internos. E agora estava sentado numa poltrona estofada, com os olhos não muito injetados perscrutando o *Hollywood Reporter* matinal.

"Preciso começar a trabalhar", disse à srta. Raudenbush às onze horas. E de novo ao meio-dia:

"Preciso começar a trabalhar."

Às quinze para a uma, começou a sentir-se faminto. Até aquela altura, cada movimento, ou antes cada momento, estivera dentro da tradição do escritor. Até mesmo a leve irritação porque ninguém o aborrecera, ninguém o incomodara, ninguém se intrometera no sonho longo e vazio que constituía seu dia comum.

Estava a ponto de acusar sua secretária de ficar a encará-lo quando veio a bem-vinda interrupção. Um guia de visitas ao estúdio bateu em sua porta e lhe entregou um bilhete de seu chefe, Jack Berners:

> Caro Pat:
> Por favor, tire um tempo para mostrar as dependências do estúdio a estas pessoas.
> Jack

"Deus do céu!", exclamou Pat. "Como é que eu posso produzir alguma coisa e mostrar o estúdio para as pessoas ao mesmo tempo? Quem são elas?", perguntou ao guia.

"Não sei. Um deles parece meio escurinho. Feito os figurantes que a Paramount usou em *Lanceiros da Índia*. Não fala inglês. O outro..."

Pat estava vestindo o casaco para ir ver por conta própria.

"Vai precisar de mim esta tarde?", perguntou a srta. Raudenbush.

Ele a encarou com infinito reproche e saiu para a frente do Edifício dos Escritores.

Os visitantes estavam ali. O sujeito dos trópicos era alto e de porte elegante, vestido em excelentes roupas inglesas, exceto pelo turbante. O outro era um rapaz de uns quinze anos, de pele bem clara. Também usava um turbante, calças de montaria de corte perfeito e casaco de equitação.

Fizeram-lhe uma reverência formal.

"Soube que vocês querem ver alguns sets", disse Pat. "São amigos de Jack Berners?"

"Conhecidos", disse o rapaz. "Deixe que eu lhe apresente meu tio, Sir Singrim Dak Raj."

Provavelmente, pensou Pat, a produtora estava preparando um *Lanceiros da Índia*, e aquele homem representaria o figurão que dominava o desfiladeiro de Khyber. Talvez incluíssem Pat no projeto — a trezentos e cinquenta dólares por semana. Por que não? Ele sabia muito bem como escrever aquelas coisas:

> LINDO PLANO GERAL. O DESFILADEIRO. *Mostrar nativo atirando de trás das pedras.*
> PLANO MÉDIO. *Nativo atingido por tiro caindo de cabeça do alto do precipício.* (*usar dublê.*)
> PLANO AMERICANO. O VALE. *Tropas britânicas arrastando canhão numa carreta.*

"Vão ficar muito tempo em Hollywood?", perguntou, com astúcia.

"Meu tio não fala inglês", disse o rapaz à meia-voz. "Estamos aqui só por alguns dias. Sabe, eu sou filho putativo do senhor."

II

"... E gostaria muito de conhecer Bonita Granville", continuou o rapaz. "Se não me engano, ela está emprestada ao seu estúdio."

Estavam andando em direção ao escritório de produção e levou um minuto para Pat assimilar o que o garoto tinha dito.

"Você é meu o quê?", perguntou.

"Seu filho putativo", disse o rapaz, numa voz cantada. "Legalmente sou filho e herdeiro do rajá Dak Raj Indore. Mas nasci John Brown Hobby."

"É mesmo?", disse Pat. "Continue! Que história é essa?"

"Minha mãe é Delia Brown. Vocês se casaram em 1926. E ela se divorciou do senhor em 1927, quando eu tinha poucos meses. Mais tarde ela me levou para a Índia, onde se casou com meu pai legal atual."

"Oh", disse Pat. Haviam chegado ao escritório da produção. "Você quer conhecer Bonita Granville."

"Sim", disse John Hobby Indore. "Se for possível."

Pat verificou a agenda de filmagens na parede.

"Pode ser", disse ele, sem empolgação. "Podemos ir até lá e tentar."

Quando estavam partindo em direção ao Estúdio 4, ele explodiu.

"O que você quer dizer com 'meu filho patativo'? Fico contente em te conhecer e tudo mais, mas me diga: você é mesmo o filho que a Delia teve em 1926?"

"Putativamente", disse John Indore. "Naquela época você e ela estavam casados legalmente."

Voltou-se para o tio e falou alguma coisa em hindustani, em seguida este último inclinou-se para a frente, examinou Pat friamente e deu de ombros sem comentar nada. Aquela história toda estava deixando Pat um tanto desconfortável.

Quando ele lhes apontou o refeitório, John quis parar ali "para comprar um hot dog para o tio". Ao que parece, Sir Singrim tinha adquirido uma paixão por eles na Feira Mundial de Nova York, de onde acabavam de chegar. Eles tomariam o navio de volta para Madras no dia seguinte.

"... conseguindo ou não ver Bonita Granville", disse John, com gravidade. "Não me importo se não me *encontrar* com ela. Sou muito jovem para ela. Já é uma mulher velha pelos nossos padrões. Mas gostaria de *vê-la*."

Era um daqueles dias ruins para mostrar o estúdio às pessoas. Só um dos diretores que estavam filmando era um veterano de quem Pat poderia esperar uma boa acolhida — e, na porta do estúdio onde acontecia a filmagem, ele ficou sabendo que o astro da produção, depois de errar seguidamente suas falas, exigira que ninguém de fora ficasse no set.

Em desespero, Pat levou seus visitantes para a área dos cenários externos e caminhou com eles diante dos cascos falsos de navios, por ruas de metrópoles e aldeias, portões medievais — um passeio no qual o rapazinho mostrou algum interesse, mas que Sir Singrim achou decepcionante. Toda vez que Pat lhes fazia olhar por trás dos cenários para mostrar que era tudo falso, a expressão de Sir Singrim mudava para decepção e um leve desdém.

"O que ele disse?", Pat perguntou ao seu rebento, depois que Sir Singrim apressara o passo em direção a uma joalheria da Quinta Avenida, para encontrar nada mais que entulho de carpintaria do lado de dentro.

"Ele é o terceiro homem mais rico da Índia", disse John. "Está enfastiado. Diz que nunca mais vai conseguir gostar de um filme americano. Diz que vai comprar uma de nossas companhias cinematográficas da Índia e construir sets sólidos como o Taj Mahal. Ele acha que talvez as atrizes também tenham uma fachada falsa, e que é por isso que você não nos deixa vê-las."

A primeira frase soou como sinos musicais na cabeça de Pat. Se tinha uma coisa de que ele gostava era de uma boa soma de dinheiro — não aqueles miseráveis e incertos duzentos e cinquenta dólares por semana que compravam sua liberdade.

"Já sei", disse, com decisão repentina. "Vamos tentar o Estúdio 4 para dar uma espiada em Bonita Granville."

O Estúdio 4 estava trancado e interditado pelo dia todo — o diretor em ação detestava visitantes, e ainda por cima era um estúdio "fechado". "Fechado" era um nome genérico para estúdios onde estavam sendo usados truques visuais, campo em que todos os estúdios competiam com os outros e viviam sob o temor de espionagem. Mais especificamente significava que haveria um projetor lançando imagens em movimento sobre uma tela transparente para servir de pano de fundo. Do outro lado da tela, uma cena era interpretada e filmada contra aquele fundo. O projetor de um lado da tela e a câmera do outro eram sincronizados de tal maneira que o resultado podia mostrar um astro plantando bananeira diante de uma multidão indiferente na Rua 42 — uma multidão *real* e um ator *real* — e o pobre olho só podia concluir que estava sendo iludido, mas não chegava a adivinhar como.

Pat tentou explicar isso a John, mas este espreitava por entre os rolos de cordas atrás dos quais eles estavam escondidos, na esperança de avistar Bonita Granville. Não tinham chegado ali pela entrada da frente, mas por uma porta lateral que Pat conhecia, destinada aos técnicos.

Fatigado pela longa excursão pelo terreno do estúdio, Pat tirou da cintura um pequeno frasco de bebida e ofereceu um gole a Sir Singrim, que declinou. Não fez a mesma oferta a John.

"Pode prejudicar seu crescimento", disse solenemente, tomando um longo trago.

"Eu não ia querer mesmo", disse John, com dignidade.

De repente ele ficou alerta. Tinha avistado uma deidade mais glamorosa que Shiva a menos de seis metros de distância — suas costas, seu perfil, sua voz. Então ela se afastou.

Observando seu rosto, Pat ficou bastante tocado.

"Podemos chegar mais perto", disse. "Quem sabe a gente vai até aquele cenário de salão de baile. Ele não está sendo usado — a mobília está toda coberta."

Foram na ponta dos pés, Pat na frente, em seguida Sir Singrim e por fim John. Enquanto se moviam de mansinho, Pat ouviu a palavra "Luzes!" e estancou, paralisado. Então, quando uma cegante luz branca atingiu seus olhos e a mesma voz gritou "Silêncio! Rodando!", Pat começou a correr, seguido rapidamente pelos outros em meio ao silêncio branco.

Mas o silêncio não durou muito.

"*Corta!*", berrou uma voz. "Que balbúrdia infernal é essa?"

Do ângulo do diretor, tinha acontecido na tela alguma coisa que, por ora, era inexplicável. Três silhuetas gigantes, duas delas com enormes turbantes indianos, tinham dançado naquilo que supostamente devia ser um ancoradouro na Nova Inglaterra — tinham invadido a área da cena com efeito especial. O príncipe John Indore não apenas tinha visto Bonita Granville — tinha atuado no mesmo filme que ela. A silhueta do pé dele parecia passar prodigiosamente através da jovem cabeça loura dela.

III

Esperaram sentados na sala da segurança até que a informação chegasse a Jack Berners, que estava fora do estúdio. Tiveram tempo livre para conversar. Isso consistiu de uma longa ladainha de Sir Singrim para John, que este — modificando o tom, se não as palavras — traduziu para Pat.

"Meu tio diz que o irmão dele desejava fazer alguma coisa pelo senhor. Ele achou que talvez, se o senhor fosse um grande escritor, ele o convidasse para ir ao seu reino e escrever a vida dele."

"Nunca tive a pretensão de ser..."

"Meu tio diz que o senhor é um escritor vergonhoso — permitiu que ele fosse tocado por aqueles cães dos seguranças em sua própria terra."

"Ah... que maluquice", resmungou Pat, desconfortável.

"Ele diz que minha mãe sempre desejou o bem do senhor. Mas agora ela é uma dama elevada e sagrada e nunca mais poderá vê-lo. Ele diz que nós vamos para nossos aposentos no Ambassador Hotel para meditar e orar, e depois lhe comunicaremos nossa decisão."

Quando foram liberados, e os dois figurões foram escoltados até seu carro, com mil pedidos de desculpas, por um puxa-saco do estúdio, Pat teve a impressão de que eles já estavam perfeitamente decididos. Ele estava furioso. Pelo capricho de levar seu filho para dar uma espiada na srta. Granville, era muito possível que ele tivesse perdido o emprego — embora no fundo não acreditasse nisso. De todo modo, tinha certeza de que, quando sua semana acabasse, estaria sem trabalho. Mas, ainda que as coisas tivessem dado muito errado, ele se lembrava claramente de ter ouvido naquela tarde que Sir Singrim era "o terceiro homem mais rico da Índia", e, depois de jantar num bar em La Cienega, decidiu ir até o Ambassador Hotel e descobrir o resultado das orações e da meditação.

Tinha acabado de escurecer no entardecer de setembro. O Ambassador estava cheio de lembranças para Pat — a boate Coconut Grove nos tempos áureos, quando diretores encontravam lindas garotas à tarde e as transformavam em estrelas à noite. Havia alguma movimentação na porta de entrada e Pat ficou observando ociosamente. Poucas vezes tinha visto uma quantidade tão grande de bagagens, mesmo no séquito de Gloria Swanson ou Joan Crawford. Logo se sobressaltou ao ver dois ou três homens de turbantes movendo-se de um lado para outro em meio às bagagens. Então era isso: eles estavam caindo fora sem lhe dar satisfação.

Sir Singrim Dak Raj e seu sobrinho, o príncipe John, ambos vestindo luvas como se estivessem sob o mesmo comando, apareceram à porta, e no mesmo momento Pat deu um passo à frente, emergindo da penumbra.

"Saindo de fininho, hein?", disse ele. "Olhem só, quando voltarem à sua terra, digam a eles que um americano deixaria no chinelo..."

"Deixei um bilhete para o senhor", disse o príncipe John, saindo do lado do tio. "Devo dizer que o senhor *foi* gentil esta tarde e que o que aconteceu foi uma pena."

"Foi mesmo", concordou Pat.

"Mas vamos dar-lhe uma ajuda", disse John. "Depois de nossas orações, decidimos que o senhor receberá cinquenta soberanos* por mês — duzentos e cinquenta dólares — pelo resto de nossa vida na Terra."

"O que vou ter que fazer em troca?", indagou Pat, desconfiado.

"Esse estipêndio só será suspenso em caso de..."

John se inclinou e cochichou no ouvido de Pat, e os olhos deste revelaram alívio. A condição nada tinha a ver com a bebida ou com as louras, na verdade não tinha coisa alguma a ver com ele próprio.

John fez menção de entrar na limusine.

"Adeus, pai putativo", disse, quase com afeição.

Pat ficou parado, olhando para ele.

"Adeus, filho", disse. Acompanhou com o olhar a limusine até esta sair de seu campo de visão. Então virou as costas, sentindo-se como... como Stella Dallas.** Havia lágrimas em seus olhos.

Pai patativo — o que quer que isso significasse. Depois de alguma reflexão, disse para si mesmo: é melhor que não ser pai nenhum.

IV

Acordou na tarde do dia seguinte com uma ressaca feliz — de cuja causa ele só se deu conta quando a voz do jovem John pareceu saltar de volta em seus ouvidos, repetindo: "Cinquenta soberanos por mês, com apenas uma condição: serão suspensos em caso de guerra, situação em que todos os rendimentos da nossa propriedade serão revertidos para o Império Britânico".

* Soberano: no caso, moeda de ouro britânica que valia vinte xelins, ou uma libra esterlina. ** Protagonista do melodrama *Stella Dallas, mãe redentora*, realizado em 1925 por Henry King e refilmado em 1937 por King Vidor, com Barbara Stanwyck no papel principal.

Com um grito, Pat disparou para a porta do apartamento. Nem o *Los Angeles Times* nem o *Examiner* estavam na soleira — apenas o *Toddy's Daily Form Sheet*.* Folheou freneticamente as páginas alaranjadas. Depois de passar pelos páreos do dia, pelas últimas performances, pelos infindáveis oráculos para intermináveis hipódromos, seus olhos caíram numa passagem em letras garrafais:

> LONDRES. 3 DE SETEMBRO. DEPOIS DA DECLARAÇÃO DE CHAMBERLAIN ESTA MANHÃ, DOUGIE TELEGRAFA: "INGLATERRA PARA VENCER. FRANÇA PARA O PLACÊ. RÚSSIA PARA A TRIFETA".**

* Ao que tudo indica, trata-se de uma publicação de turfe que incluía notícias de interesse geral. ** O texto mistura a declaração de guerra do primeiro-ministro britânico Arthur Neville Chamberlain contra a Alemanha, que acabara de invadir a Polônia, em 3 de setembro de 1939, com a linguagem do turfe.

O lar das estrelas

Sob um grande guarda-sol listrado na calçada de um bulevar, durante uma onda de calor em Hollywood, havia um homem sentado. Seu nome era Gus Venske (nenhum parentesco com o atleta) e estava vestido com calça magenta, sapatos cor de cereja e um artigo esportivo da Vine Street que parecia mais um paletó de pijama azul-celeste.

Gus Venske não era maluco, e tampouco suas roupas eram fora do comum para o seu tempo e lugar. Ele tinha uma profissão — numa estaca ao lado do guarda-sol havia uma placa:

VISITE O LAR DAS ESTRELAS

Os negócios iam mal, caso contrário Gus não teria abordado o sujeito nada próspero que estava em pé na rua, ao lado de um carro arfante e fumacento, esperando ansiosamente que ele esfriasse.

"Ei, amigo", disse Gus, sem muita esperança. "Quer visitar o lar das estrelas?"

Os olhos injetados do sujeito desviaram-se do automóvel e olharam desconfiados para Gus.

"Eu estou *nos* filmes", disse o homem. "Eu mesmo trabalho neles."

"Ator?"

"Não. Escritor."

Pat Hobby virou-se de novo para seu carro, que estava assobiando como um carrinho de amendoim. Tinha falado a verdade — ou aquilo que um dia foi a verdade. Com frequência, nos velhos tempos, seu nome tinha cintilado na tela nos poucos segundos concedidos aos autores, mas nos últimos cinco anos seus serviços vinham sendo cada vez menos solicitados.

Em seguida Gus Venske fechou para o almoço, enfiando os folhetos e mapas numa pasta e saindo com ela sob o braço. Como o sol estava ficando mais forte a cada minuto, Pat Hobby se refugiou sob a tênue proteção do guarda-sol e passou os olhos por um folheto sujo de terra que o sr. Venske deixara cair. Se Pat não estivesse reduzido a seus últimos catorze centavos, teria telefonado a alguma oficina para pedir socorro — mas, na atual situação, só lhe restava esperar.

Pouco depois, uma limusine com placa do Missouri estacionou ao lado dele. Atrás do chofer estavam sentados um homem pequeno de bigode branco e uma mulher corpulenta com um cachorrinho. Conversaram entre si por um momento — então, de um modo um tanto tímido, a mulher se debruçou para fora e abordou Pat.

"Dá para visitar as casas de quais estrelas?", perguntou.

Demorou um momento para ele entender a situação.

"Quero dizer, a gente pode ir à casa de Robert Taylor, de Clark Gable, de Shirley Temple...?"

"Acho que sim, se conseguir permissão para entrar", disse Pat.

"Porque...", continuou a mulher, "... se pudermos ir às melhores casas, às mais exclusivas... estamos preparados para pagar mais do que o seu preço habitual."

Pat teve uma iluminação. Ali estavam, juntos, otários e dólares. Ali estava o mais precioso dos sonhos hollywoodianos — o golpe. Dar um golpe com eficácia significava jantares no Brown Derby, longas noites com bebida e garotas, um pneu novo para seu carro velho. E ali estava um golpe caindo no seu colo.

Levantou-se e caminhou até a limusine.

"Claro. Talvez eu consiga arranjar." Enquanto falava sentiu uma pontada de dúvida. "Seria possível um pagamento adiantado?"

O casal trocou um olhar.

"Vamos supor que lhe paguemos cinco dólares agora", disse a mulher, "e cinco dólares se pudermos visitar a casa de Clark Gable ou de alguém do tipo."

Houve um tempo em que isso teria sido muito fácil. Nos seus dias de glória, quando tinha doze ou quinze créditos de roteirista por ano, Pat podia abordar muita gente que teria dito: "Claro, Pat, se for importante para você". Mas agora ele só conseguia contar nos dedos de uma mão as figuras que de fato o reconheciam e falavam com ele nas dependências do estúdio — Melvyn Douglas, Robert Young, Ronald Colman, Young Doug. Os que ele conhecia melhor tinham se aposentado ou morrido.

E ele só sabia vagamente onde moravam os novos astros e estrelas, mas notara que no folheto estavam datilografadas dúzias de nomes e endereços, com vistos a lápis depois de cada um.

"Claro que não podemos ter certeza de que alguém esteja em casa", disse ele. "A pessoa pode estar trabalhando num estúdio."

"Entendemos isso." A madame deu uma olhada no carro de Pat, desviou os olhos. "É melhor irmos no nosso automóvel."

"Claro."

Pat se sentou na frente, ao lado do chofer — tentando pensar rápido. O ator que falava com ele de modo mais simpático era Ronald Colman — nunca tinham trocado mais do que cumprimentos convencionais, mas ele podia fazer de conta que estava visitando Colman para atrair seu interesse para uma história.

Melhor ainda: Colman provavelmente não estava em casa e Pat poderia arranjar para seus clientes uma breve olhada no interior da propriedade. E o processo talvez pudesse ser repetido na casa de Robert Young, na de Young Doug e na de Melvyn Douglas. A essa altura a madame já teria esquecido Gable e a tarde chegaria ao fim.

Olhou para o endereço de Ronald Colman no folheto e deu as direções ao chofer.

"Conhecemos uma mulher que tirou uma foto com George Brent", disse a madame quando eles se puseram em movimento, "a sra. Horace J. Ives Jr."

"É nossa vizinha", disse o marido. "Ela mora na Rose Drive, 372, em Kansas City. Nós moramos no 327."

"Ela tem uma foto com George Brent. Sempre nos perguntamos se teve que pagar por isso. Claro que não sei se eu iria querer chegar a *esse* ponto. Não sei o que iriam dizer lá na nossa cidade."

"Não acho que a gente queira chegar a esse ponto", concordou o marido.

"Aonde vamos primeiro?", perguntou a madame, amistosamente.

"Bem, eu tenho que fazer uma ou duas visitas, de todo modo", disse Pat. "Tenho que me encontrar com Ronald Colman por causa de um assunto."

"Oh, ele é um dos meus favoritos. O senhor o conhece bem?"

"Ah, sim", disse Pat. "Não faço este serviço habitualmente. Estou só substituindo um amigo. Eu sou escritor."

Ciente de que não mais do que dois ou três roteiristas de cinema eram conhecidos do público, ele se apresentou como autor de vários sucessos recentes.

"Que interessante", disse o homem. "Conheci um escritor uma vez — esse Upton Sinclair, ou será Sinclair Lewis? Não era mau sujeito, embora fosse socialista."

"Por que o senhor não está escrevendo um filme no momento?", perguntou a madame.

"Veja bem, estamos em greve", inventou Pat. "Temos uma coisa chamada Sindicato dos Roteiristas e estamos em greve."

"Oh." Seus clientes encararam com desconfiança aquele emissário de Stálin sentado no banco da frente do carro.

"Qual é o motivo da greve?"

O conhecimento político de Pat era rudimentar. Hesitou.

"Ah, melhores condições de vida", disse por fim, "suprimento livre de lápis e papel, não sei muito bem — está tudo no Wagner Act." Depois de um momento, acrescentou vagamente: "Reconhecer a Finlândia".

"Eu não sabia que os escritores tinham sindicatos", disse o homem. "Bem, quando vocês estão em greve, quem escreve os filmes?"

"Os produtores", disse Pat com amargura. "É por isso que eles são tão ruins."

"Bem, é o que eu chamaria de um estado de coisas bizarro."

A casa de Ronald Colman entrou em seu campo de visão e Pat engoliu em seco, inquieto. Um conversível novo e reluzente estava diante da casa.

"É melhor eu ir na frente", disse ele. "Quero dizer, não vamos querer nos intrometer em... uma discussão familiar ou algo do tipo."

"Ele costuma ter discussões familiares?", perguntou a madame com avidez.

"Ah, bem, sabe como são as pessoas", disse Pat, caridosamente. "Acho que é melhor eu averiguar primeiro como estão as coisas."

O carro parou. Pat respirou fundo e desceu. No mesmo momento, a porta da casa se abriu e Ronald Colman saiu apressadamente rumo à calçada. O coração de Pat parou quando o ator olhou em sua direção.

"Olá, Pat", disse ele. Evidentemente ele não sabia que Pat o estava visitando, pois saltou para dentro de seu carro e o som do motor abafou a resposta de Pat ao se afastar dali.

"Uau, ele chamou o senhor de 'Pat'", disse a mulher, impressionada.

"Acho que ele estava com pressa", disse Pat. "Mas talvez a gente possa ver sua casa."

Ensaiou um discurso enquanto avançava pela calçada. Tinha acabado de conversar com seu amigo, o sr. Colman, e recebera permissão para dar uma olhada na propriedade.

Mas a casa estava trancada e não houve resposta ao toque da campainha. Ele teria que tentar Melvyn Douglas, que, pensando bem, costumava cumprimentá-lo mais calorosamente que Ronald Colman. De todo modo, a fé que seus clientes depositavam nele estava agora estabelecida com firmeza. O "olá, Pat" soara como uma garantia de confiança aos ouvidos deles; por procuração, eles já estavam dentro do círculo encantado.

"Agora vamos tentar a do Clark Gable", disse a madame. "Eu queria falar com a Carole Lombard sobre o cabelo dela."

A lesa-majestade fez o estômago de Pat se contrair. Uma vez, no meio de um monte de gente, ele fora apresentado a Clark Gable, mas não tinha motivo algum para achar que o sr. Gable se lembraria.

"Bom, podemos tentar a do Melvyn Douglas primeiro e depois a do Bob Young, ou então do Young Doug. Ficam todas no caminho. Sabe, o Gable e a Lombard moram longe, lá no St. Joaquin Valley.

"Oh", disse a madame, desapontada. "Eu queria muito subir até o quarto deles. Bom, então, nossa segunda escolha seria Shirley Temple." Olhou para seu cachorrinho. "Sei que seria a escolha de Boojie também."

"Eles têm um certo medo de sequestradores", disse Pat.

Encrespado, o homem apanhou seu cartão de visitas comercial e estendeu-o a Pat.

DEERING R. ROBINSON
Vice-Presidente e Presidente do Conselho
Robdeer Produtos Alimentícios

"*Isto* parece coisa de alguém que queira sequestrar Shirley Temple?

"Eles só precisam ter certeza", disse Pat, se desculpando. "Depois que formos à casa do Melvyn..."

"Não. Vamos ver a da Shirley Temple agora", insistiu a mulher. "Tenha paciência! Eu disse logo de início o que eu queria."

Pat hesitou.

"Antes tenho que parar em algum mercadinho e dar um telefonema para tratar disso."

Numa loja de conveniências ele trocou uma parte dos cinco dólares por uma garrafinha de gim e tomou dois grandes goles atrás de um balcão alto, e depois disso refletiu sobre a situação. Poderia, claro, fugir agora mesmo do sr. e da sra. Robinson — afinal, ele lhes mostrara Ronald Colman, com som e tudo, por suas cinco pratas. Por outro lado, eles *talvez* topassem com a srta. Temple entrando ou saindo de casa — e, para uma tarde agradável em Santa Anita no dia seguinte, Pat precisava de mais cinco pratas. Ao calor do gim sua coragem aumentou, e voltando à limusine ele deu o endereço ao chofer.

Mas, ao se aproximar da casa de Temple, seu ânimo arrefeceu quando viu que havia uma alta cerca de ferro e um portão elétrico. E será que os guias não eram obrigados a ter uma licença?

"Não é aqui", disse rapidamente ao chofer. "Eu me enganei. Acho que é a próxima, ou duas ou três mais adiante."

Decidiu-se por uma grande mansão erguida num amplo gramado e, depois de mandar o chofer parar, desceu do carro e caminhou até a porta. Estava temporariamente sem ação, mas pelo menos poderia trazer de volta alguma história para amansá-los — por exemplo, que a srta. Temple estava com caxumba. Poderia apontar da calçada para o seu quarto de convalescente.

Ninguém respondeu à campainha, mas ele viu que a porta estava entreaberta. Com cautela, acabou de abri-la. Contemplou uma sala de estar deserta de proporções majestosas. Apurou os ouvidos. Não havia ninguém no recinto, nenhum ruído de passos no andar de cima, nenhum murmúrio na cozinha. Pat tomou outro gole de gim. Então voltou depressa para a limusine.

"Ela está no estúdio", disse com presteza. "Mas se formos silenciosos, podemos dar uma olhada na sua sala de estar."

Os Robinsons e Boojie desembarcaram avidamente e o seguiram. A sala de estar poderia ter sido de Shirley Temple, poderia ter sido de uma porção de gente em Hollywood. Pat viu uma boneca num canto e apontou para ela, ao que a sra. Robinson a ergueu, contemplou-a reverentemente e a mostrou a Boojie, que a farejou com indiferença.

"Podemos conhecer a srta. Temple?", ela perguntou.

"Oh, ela não está. Não tem ninguém em casa", disse Pat, imprudentemente.

"Ninguém! Oh — então o Boojie gostaria tanto de dar uma espiadinha no quarto dela."

Antes que ele pudesse responder, ela já tinha subido as escadas correndo. O sr. Robinson subiu atrás dela e Pat ficou esperando inquieto no saguão, pronto para sair às pressas ao primeiro sinal de alguém chegando de fora ou de alguma confusão no andar de cima.

Acabou de esvaziar a garrafa, enfiou-a educadamente sob uma almofada no sofá e então, decidindo que a visita ao andar de cima estava dando demasiada sopa ao azar, foi atrás de seus clientes. Nas escadas ouviu a sra. Robinson.

"Mas só tem *um* quarto de criança. Achei que Shirley Temple tivesse irmãos."

Uma janela na escada em caracol dava para a rua, e olhando para fora Pat avistou um carro grande parando no meio-fio. Do carro saiu uma celebridade hollywoodiana que, embora não estivesse entre as procuradas pela sra. Robinson, não ficava atrás de nenhuma delas em prestígio e poder. Era o velho sr. Marcus, o produtor, para quem Pat Hobby tinha trabalhado de assessor de imprensa vinte anos antes.

Nesse momento Pat perdeu a cabeça. Num flash, imaginou uma elaborada explicação para o que estava fazendo ali. Não seria perdoado. Suas semanas ocasionais no estúdio a duzentos e cinquenta dólares semanais agora desapareceriam de vez, e outro desfecho seria escrito para sua carreira já quase inteiramente extinta. Num ímpeto, saiu correndo escada abaixo, atravessou a cozinha e saiu pelo portão dos fundos, abandonando os Robinsons à própria sorte.

Lamentou vagamente por eles enquanto andava apressado ao longo do bulevar seguinte. Podia ver o sr. Robinson mostrando seu cartão de chefe da Robdeer Produtos Alimentícios. Podia ver o ceticismo do sr. Marcus, a chegada da polícia, o sr. e a sra. Robinson sendo revistados.

Provavelmente a coisa terminaria por aí — exceto que os Robinsons ficariam furiosos com ele por sua impostura. Iriam contar à polícia onde foi que o apanharam.

De repente ele começou a cambalear pela rua, gotas de gim brotando profusamente da sua testa. Tinha deixado o carro ao lado do guarda-sol de Gus Venske. E agora se lembrava de outra pista comprometedora e torcia para que Ronald Colman não soubesse seu sobrenome.

Pat Hobby faz sua parte

I

Para pedir dinheiro emprestado com elegância é preciso escolher o momento e o local. A coisa fica difícil, por exemplo, se quem pede emprestado é vesgo, está com sarampo ou com um belo de um olho roxo. Seria possível prosseguir indefinidamente, mas as ocasiões desfavoráveis poderiam ser todas catalogadas como uma só: é extremamente difícil conseguir dinheiro emprestado quando se precisa dele.

Pat Hobby encontrou uma dificuldade desse tipo com um ator no set durante a realização de um filme. Foi quase a tarefa mais árdua com que se deparou na vida, mas a enfrentou para salvar seu carro. A um sórdido olhar estritamente comercial, o calhambeque não parecia merecer ser salvo, mas, devido às grandes distâncias de Hollywood, era uma ferramenta indispensável ao ofício de escritor.

"A companhia financeira...", Pat ia explicando, mas Gyp McCarthy o interrompeu.

"Tenho uma participação nesta próxima cena. Você quer que eu estrague tudo?"

"Só preciso de vinte pratas", insistiu Pat. "Não posso conseguir trabalho se tiver que ficar enfurnado no meu quarto."

"Pelo menos assim você pouparia dinheiro, já que não consegue mais trabalho mesmo."

Essa era a cruel verdade. Mas, trabalhando ou não, Pat

gostava de passar seus dias dentro ou nas proximidades de um estúdio. Tinha chegado a dolorosos e precários quarenta e nove anos sem outra coisa para fazer.

"Tenho uma refação de roteiro prometida para a próxima semana", mentiu.

"Ah, corta essa", disse Gyp. "É melhor você sair do set antes que o Hilliard te veja."

Pat lançou um olhar nervoso ao grupo junto à câmera — então deu sua cartada decisiva.

"Uma vez", disse ele, "uma vez te dei dinheiro para ter um filho."

"Deu mesmo!", disse Gyp com raiva. "Isso foi há dezesseis anos. E onde ele está agora? Na cadeia por atropelar uma senhora sem ter carteira de motorista."

"Bom, o fato é que te dei dinheiro", disse Pat. "Duzentas pratas."

"Isso não é nada diante do que me custou. Você acha que eu estaria trabalhando de figurante e dublê se tivesse grana para emprestar? Que eu estaria trabalhando no que quer que fosse?"

De algum lugar na escuridão um assistente de direção emitiu uma ordem:

"Todo mundo pronto para rodar!"

Pat falou depressa.

"Tá bom", disse. "Cinco dólares."

"Não."

"Tudo bem então." Os olhos avermelhados de Pat se estreitaram. "Vou ficar plantado aqui e te rogar uma praga quando você estiver dizendo sua fala."

"Oh, pelo amor de Deus!", disse Gyp, perturbado. "Escute, eu vou lhe dar os cinco dólares. Estão no meu casaco logo ali. Vou pegar."

Saiu do set em disparada e Pat soltou um suspiro de alívio. Quem sabe Louie, o *bookie* do estúdio, lhe emprestasse outros dez.

De novo a voz do assistente de direção:

"Silêncio!... Vamos rodar agora! ... Luzes!"

O clarão perfurou os olhos de Pat, cegando-o. Ele deu um passo para o lado errado, em seguida voltou. Havia seis outras pessoas no cenário — um esconderijo de gângsteres — e parecia que todas estavam no seu caminho.

"Tudo bem... Câmera... Estamos rodando!"

Em seu pânico, Pat se esgueirou para trás de um caixote grande o bastante para escondê-lo. Enquanto os atores desempenhavam a cena ele ficou ali tremendo, com as costas arqueadas — sem se dar conta de que era um travelling, e que a câmera, avançando sobre trilhos, estava quase em cima dele.

"Você, perto da janela — ei, você, Gyp!, mãos ao alto!"

Como um homem num sonho, Pat ergueu as mãos. Só então percebeu que estava olhando diretamente para uma grande lente escura — num instante ela abarcou também a estrela inglesa, que passou correndo por ele e saltou pela janela. Depois de um interminável segundo Pat ouviu a ordem: "Corta!".

Então atravessou em disparada uma porta cenográfica, desviou-se de uma parede, tropeçou num cabo, se recompôs e correu para a saída. Ouviu passos correndo atrás de si e acelerou o ritmo, mas na própria porta de saída foi alcançado e se virou, na defensiva.

Era a atriz inglesa.

"Depressa!", gritou ela. "Terminei meu trabalho. Tenho que voltar para a Inglaterra."

Enquanto subia atabalhoadamente na limusine que a esperava, ela lançou para trás uma última observação irrelevante. "Vou tomar o avião para Nova York daqui a uma hora."

Quem se importa!, pensou Pat com amargura, enquanto se afastava correndo.

Não sabia que a repatriação dela iria mudar o curso da sua vida.

II

E não conseguira os cinco dólares — temia que aqueles cinco em particular estivessem fora de seu alcance para sempre. Teria que achar outros meios de manter os abutres longe das duas portas de seu cupê. Pat saiu das dependências do estúdio com desespero no coração, parando só por um momento para obter gasolina para o carro e gim para si próprio, possivelmente o último dos muitos drinques que eles tinham tomado juntos.

Na manhã seguinte, acordou com um problema pior. Uma vez na vida ele não queria ir ao estúdio. Não era apenas Gyp McCarthy que ele temia — era todo o poder corporativo de uma empresa de cinema, se não de toda a indústria. De fato, ter interferido na filmagem de uma produção era de algum modo um delito grave, comparado ao qual trapalhadas dispendiosas de produtores ou roteiristas saíam relativamente impunes.

Por outro lado, o prazo final para pagar a dívida do carro vencia em dois dias e Louie, o *bookie* do estúdio, parecia certamente o último recurso, ainda que frágil.

Tentando se dar coragem com um desagradável gole do fundo da garrafa, foi para o estúdio às dez da manhã com a gola do casaco levantada e o chapéu enterrado até as orelhas. Conhecia uma espécie de trilho subterrâneo entre o departamento de maquiagem e a cozinha do refeitório que poderia levá-lo ao cantinho de Louie sem ser visto.

Dois seguranças do estúdio o apanharam quando estava dobrando a esquina da barbearia.

"Ei, eu tenho um passe de entrada!", protestou. "Válido por uma semana — assinado por Jack Berners."

"É justamente o sr. Berners que quer falar com você."

Era isso então: seria proibido de entrar no estúdio.

"Poderíamos te processar!", gritou Jack Berners. "Mas não recuperaríamos o prejuízo."

"Ora, o que é um *take*?", perguntou Pat. "Vocês podem usar outro."

"Não, não podemos — a câmera emperrou. E esta manhã Lily Keatts tomou um avião para a Inglaterra. Ela achou que tinha terminado seu trabalho."

"Corte a cena", sugeriu Pat — e em seguida, movido por uma inspiração: "Aposto que consigo consertar a situação pra você".

"Ah, isso você já conseguiu!", garantiu Berners. "Se houvesse algum jeito de desfazer o que você fez, eu não teria mandado te chamar."

Fez uma pausa, olhou de modo pensativo para Pat. Seu interfone tocou e a voz de uma secretária disse: "O sr. Hilliard".

"Mande entrar."

George Hilliard era um homem enorme e o olhar que ele lançou a Pat não foi nada amistoso. Mas havia nele algum outro elemento além da raiva e Pat se contorcia em dúvidas enquanto os dois homens o examinavam com uma curiosidade quase impessoal — como se ele fosse um candidato a parar no caldeirão de um canibal.

"Bom, até logo, então", sugeriu, sentindo-se desconfortável.

"O que você acha, George?", perguntou Berners.

"Bem...", disse Hilliard, hesitante, "podemos escurecer um ou dois dentes."

Pat se levantou de um salto e deu um passo em direção à porta, mas Hilliard o segurou e examinou seu rosto por todos os ângulos.

"Vamos ouvir sua voz", disse.

"Você não pode me bater", clamou Pat. "Se me arrancar os dentes, eu te meto um processo."

Fez-se uma pausa.

"O que você acha?", perguntou Berners.

"Não dá para ele falar", disse Hilliard.

"Claro que consigo falar, droga!", disse Pat.

"Podemos dublar duas ou três frases", continuou Hilliard, "e ninguém vai perceber a diferença. Metade dos sujeitos que a gente arranja para fazer capangas não sabe falar mesmo. O fato é que este aqui tem o físico adequado e a câmera pode evitar o rosto dele também."

Berners concordou com a cabeça.

"Tudo bem, Pat — você é um ator. Vai ter que desempenhar o papel que era daquele McCarthy. São só umas duas cenas, mas são importantes. Vai ter uns papéis do Sindicato e da Central de Elenco para assinar, e pode aparecer para trabalhar já esta tarde."

"O que é isso?!", indagou Pat. "Não sou um canastrão qualquer..." Lembrando que Hilliard tinha sido ator em outros tempos, recuou dessa atitude. "Sou escritor."

"O personagem que você interpreta é chamado de 'O Rato'", continuou Berners. Explicou por que era necessário que Pat desse prosseguimento à sua abrupta entrada em cena do dia anterior. As cenas que incluíam a srta. Keatts tinham sido rodadas antes, para que ela pudesse cumprir um compromisso na Inglaterra. Mas para preencher o esqueleto da história era necessário mostrar como os gângsteres chegaram ao seu esconderijo, e o que fizeram depois que a srta. Keatts mergulhou pela janela. Tendo aparecido irrevogavelmente naquela cena com a srta. Keatts, Pat precisava aparecer em meia dúzia de outras tomadas, que seriam feitas nos dias seguintes.

"Qual é a grana envolvida?", quis saber Pat.

"Estamos pagando cinquenta por dia a McCarthy... mas espere um pouco, Pat... acho que vou te pagar o equivalente a sua última remuneração como roteirista, duzentos e cinquenta pela semana toda."

"E a minha reputação?", objetou Pat.

"Essa eu não vou nem responder", disse Berners. "Mas se o Benchley consegue atuar, e Don Stewart, Lewis, Wilder, Woollcott..., acho que isso não vai te arruinar."

Pat respirou fundo.

"Será que você pode me dar cinquenta adiantados", perguntou, "já que fiz por merecê-los ontem..."

"Se você recebesse o que fez por merecer ontem, estaria num hospital. E nada de encher a cara de bebida. Tome dez dólares, é tudo o que você vai ver por uma semana."

"E o meu carro...?"

"Seu carro que vá para o inferno."

III

"O Rato" era o capanga durão da gangue encarregado de atos de sabotagem por um governo pró-nazista não identificado. Suas falas eram o suprassumo da simplicidade — Pat escrevera coisas parecidas muitas vezes. "Não acabe com ele até o Crânio chegar"; "Vamos dar o fora daqui"; "Meu chapa, você vai sair daqui na horizontal". Pat achou aquilo divertido — na maior parte do tempo ficava por ali aguardando sua vez, como em toda filmagem — e alimentou a esperança de que levasse a outras oportunidades naquele ramo. Até lamentou que o trabalho fosse tão curto.

Sua última cena era numa locação. Pat sabia que "O Rato" iria detonar uma explosão na qual ele próprio seria morto, mas tinha visto tantas cenas do tipo que estava seguro de que não correria o menor perigo. No terreno ao ar livre do estúdio ele ficou levemente curioso quando tiraram as medidas de sua cintura e de seu tórax.

"Estão fazendo um boneco?", perguntou.

"Não exatamente", disse o contrarregra. "A coisa já foi feita, mas era para o Gyp McCarthy, e quero ver se vai servir em você."

"E vai?"

"Perfeitamente."

"Do que se trata?"

"Bem... é uma espécie de proteção."

Uma ligeira lufada de inquietação atravessou a mente de Pat.

"Proteção contra o quê? Contra a explosão?"

"Ah, não! A explosão é falsa — só um efeito especial. Isto é pra outra coisa."

"Que outra coisa?", insistiu Pat. "Se eu preciso ser protegido de alguma coisa, tenho o direito de saber o que é."

Perto da fachada falsa de um armazém, um arsenal de câmeras estava sendo posicionado. George Hilliard saiu de repente do meio de um grupo, foi até Pat e, colocando a mão em seu ombro, conduziu-o até a tenda-camarim dos atores. Uma vez ali dentro, estendeu a Pat um frasco de bebida.

"Tome um trago, meu velho."

Pat tomou um longo gole.

"Pat, este é um serviço", disse Hilliard, "que requer um novo figurino. Vou explicar enquanto eles te vestem."

Pat foi despido do paletó e do colete, suas calças foram afrouxadas e num instante um gibão de ferro com dobradiças foi afivelado no seu tronco, estendendo-se das axilas até o baixo ventre, à maneira de um colete de gesso.

"Esse ferro é o mais forte e mais leve, Pat", garantiu Hilliard. "O melhor em termos de resistência e elasticidade. Foi fabricado em Pittsburgh."

Num ímpeto, Pat resistiu às tentativas de dois assistentes de figurino de puxar sua calça por cima daquela coisa e vesti-lo com o paletó e o colete.

"Pra que serve isto?", perguntou, balançando os braços. "Quero saber. Vocês não vão me dar um tiro, se é que é isto que..."

"Nada de tiro."

"Então que droga é esta? Não sou nenhum dublê..."

"Você assinou um contrato exatamente igual ao do McCarthy para fazer qualquer coisa que seja razoável — e nossos advogados atestaram isso."

“Mas do que se trata?” A boca de Pat estava seca.

“É um automóvel.”

“Vocês vão me atropelar com um automóvel.”

“Deixa eu te explicar”, pediu Hilliard. “Ninguém vai te atropelar. O carro vai passar por cima de você, só isso. Essa armadura é tão forte que...”

“Ah, não!”, disse Pat. “Não e não!” Tentou arrancar o colete de ferro. “Nem pensar...”

George Hilliard imobilizou seus braços com firmeza.

“Pat, você quase arruinou este filme uma vez — não vai fazer isso de novo. Seja homem.”

“É isso mesmo que eu vou ser. Vocês não vão me esmagar como fizeram com aquele figurante no mês passado.”

Parou de repente. Atrás de Hilliard ele viu um rosto conhecido — um rosto temido e odiado —, o do cobrador da Companhia de Finanças e Empréstimos North Hollywood. Lá no estacionamento estava seu cupê, um servidor e camarada fiel desde 1934, companheiro de infortúnios, seu único lar seguro.

“Ou você cumpre seu contrato”, disse George Hilliard, “... ou está fora da indústria do cinema para sempre.”

O homem da companhia financeira tinha dado um passo à frente. Pat virou-se para Hilliard.

“Você me faz um empréstimo...”, sua voz hesitou, “... me adianta vinte e cinco dólares?”

“Claro”, disse Hilliard.

Pat falou com raiva ao homem da financeira:

“Ouviu isso? Você vai receber seu dinheiro, mas se esta coisa não funcionar, a minha morte vai pesar sobre sua cabeça.”

Os poucos minutos seguintes se passaram como num sonho. Ele ouviu as últimas instruções de Hilliard enquanto se afastavam da tenda. Pat tinha que ficar deitado numa vala rasa para detonar a dinamite — e então o herói passaria com o carro devagar sobre o seu tronco. Pat escutou de um modo turvo.

Uma imagem de si mesmo, quebrado como um ovo junto ao muro da fábrica, passou pela sua cabeça.

Apanhou a lanterna e se deitou na vala. De longe ouviu o aviso "Silêncio", e em seguida a voz de Hilliard e o ruído do carro esquentando o motor.

"Ação!", gritou alguém. Veio então o som do carro se aproximando — cada vez mais alto. E aí Pat Hobby não viu nem ouviu mais nada.

IV

Quando acordou, estava tudo escuro e silencioso. Por alguns instantes, não conseguiu reconhecer seu paradeiro. Então avistou estrelas no céu da Califórnia e percebeu que estava em algum lugar sozinho — não, estava apertado nos braços de alguém. Mas os braços eram de ferro e ele se deu conta de que ainda estava no invólucro metálico. E então tudo lhe voltou à memória — até o momento em que ouviu a aproximação do carro.

Até onde podia perceber, não estava ferido — mas por que estaria ali sozinho?

Forcejou para levantar, mas descobriu que era impossível e, depois de um momento horrível, emitiu um grito por socorro. Por cinco minutos ele gritou a intervalos, até que finalmente uma voz veio de longe; e a ajuda chegou na forma de um segurança do estúdio.

"Que houve, meu chapa? Bebeu um pouco demais?"

"Claro que não", gritou Pat. "Eu estava na filmagem desta tarde. Foi uma grande safadeza o pessoal ir embora e me deixar nesta vala."

"Devem ter esquecido de você na agitação."

"Esquecer de mim! *Eu* era a agitação. Se você não acredita em mim, dá uma olhada no que tem ao redor do meu corpo!"

O segurança ajudou-o a ficar de pé.

"Eles estavam desnorteados", explicou o homem. "Não é todo dia que um astro quebra a perna."

"Como assim? Aconteceu alguma coisa?"

"Bom, pelo que ouvi, era para ele dirigir o carro e colidir contra alguma coisa, mas o carro tombou e ele quebrou a perna. Tiveram que parar a filmagem e ficou todo mundo meio chateado."

"E me deixam dentro deste... deste forno. Como é que eu vou sair disto agora? Como vou dirigir meu carro?"

Mas, mesmo com toda a raiva, Pat sentiu um certo orgulho feroz. Ele era Algo naquela produção — alguém a ser levado em conta depois de anos de desdém. Tinha conseguido atrapalhar o filme mais uma vez.

A pré-estreia de Pat Hobby

I

"Não tenho trabalho para você", disse Berners. "Estamos com mais escritores do que temos condições de utilizar."

"Não estou pedindo emprego", disse Pat com altivez. "Mas acho que mereço alguns convites para a pré-estreia de hoje à noite — já que tenho parte do crédito no roteiro."

"Ah, sim, eu queria mesmo conversar com você sobre isso", disse Berners, franzindo o cenho. "Talvez tenhamos que tirar seu nome dos créditos."

"*O quê?*", exclamou Pat. "Ora, meu nome já está nos créditos! Eu vi no *Reporter*. "Roteiro de Ward Wainwright e Pat Hobby."

"Mas talvez tenhamos que tirá-lo quando lançarmos o filme. Wainwright voltou da costa leste e está cuspindo fogo pelas ventas. Ele diz que você reivindicou como suas algumas frases em que tudo o que fez foi trocar 'Não' por 'Não, senhor', 'rubro' por 'vermelho', e coisas do tipo."

"Estou neste ramo há vinte anos", disse Pat. "Conheço meus direitos. Aquele sujeito botou um ovo. Fui chamado para transformá-lo num peru!"

"Não foi, não", Berners lhe garantiu. "Depois que Wainwright foi para Nova York eu te chamei para dar uma arrumada num personagem secundário. Se eu não tivesse saído para pescar, você não teria enfiado sorrateiramente seu nome no roteiro."

Jack Berners se interrompeu de repente, tocado pelo abatimento dos olhos injetados de Pat. "Mesmo assim, fiquei contente em ver seu nome nos créditos depois de tanto tempo."

"Vou entrar no Sindicato dos Roteiristas e lutar contra isso."

"Você não teria a mínima chance. Seja como for, Pat, seu nome estará na tela esta noite, pelo menos, e isso vai fazer todo mundo lembrar que você está vivo. E vou te arranjar alguns convites — mas tome cuidado com o Wainwright. Não é bom ser esmurrado depois dos cinquenta."

"Ei, estou na faixa dos quarenta", disse Pat, que tinha quarenta e nove.

O interfone zumbiu. Berners atendeu.

"É o sr. Wainwright."

"Peça para ele esperar." Virou-se para Pat. "É o Wainwright. É melhor você sair pela porta lateral."

"E quanto aos convites?"

"Passe aqui hoje à tarde."

Para um jovem poeta das telas em ascensão isso poderia ter sido um golpe destruidor, mas Pat era feito de um material mais rígido. Rígido não consigo mesmo, mas contra o destino cruel que se abatera sobre ele por quase uma década. Com toda a sua experiência, e com o amparo de cada tufo de capim venenoso que floresce entre Washington Boulevard e Ventura Highway, entre Santa Monica e Vine —, ele escorregava, mas resistia à queda. Vez por outra se agarrava momentaneamente a um arbusto, encontrava uma trégua de algumas semanas na ilha de algum trabalho-tampão, mas em geral o deslizamento ribanceira abaixo continuava num ritmo que teria atordoado um homem inferior.

Ao escapar a salvo do escritório de Berners, por exemplo, Pat olhava para a frente, não para trás. Pensou em tomar um drinque com Louie, o *bookie* do estúdio, e depois visitar alguns velhos amigos no estúdio. Ocasionalmente, embora com menor frequência a cada ano, algumas dessas visitas rendiam trabalhos antes que se pudesse dizer "Santa Anita". Mas depois de tomar um drinque, seus olhos caíram sobre uma garota perdida.

Era evidente que estava perdida. De pé, contemplava graciosamente os caminhões cheios de figurantes que rodavam rumo ao refeitório. Em seguida olhou em volta com uma expressão de desamparo — um desamparo tamanho que um caminhão a teria atropelado se Pat não estendesse o braço e a puxasse para o lado.

"Oh, obrigada", disse ela, "obrigada, cheguei aqui com um grupo de excursão e um policial me obrigou a deixar a câmera fotográfica numa salinha qualquer. Então fui até o estúdio cinco, como o guia tinha orientado, mas estava fechado."

Ela era a típica "Lourinha Bonita". Aos olhos calejados de Pat, as lourinhas bonitas pareciam tão idênticas umas às outras quanto aquela fileira de bonequinhas recortadas no papel. Claro que cada uma tinha um nome diferente.

"Vamos dar um jeito nisso", disse Pat.

"O senhor é muito gentil. Eu sou Eleanor Carter, de Boise, Idaho."

Ele se apresentou e disse que era escritor. Ela primeiro pareceu desapontada e, em seguida, encantada.

"Escritor?... Ah, claro. Sei que eles precisam de escritores, mas acho que nunca ouvi falar de um."

"Os escritores chegam a ganhar três mil por semana", ele lhe garantiu com firmeza. "Os escritores estão entre os figurões de Hollywood."

"Puxa, nunca pensei nesses termos."

"Bernud Shaw esteve aqui", disse ele, "... e Einstein também, mas não se saíram bem."

Foram caminhando até o quadro de avisos, e Pat descobriu que havia filmagens em andamento em três estúdios — e um dos diretores era um amigo dos velhos tempos.

"O que o senhor já escreveu?", perguntou Eleanor.

Um grande Astro assomou no horizonte e Eleanor só teve olhos para ele até perdê-lo de vista. De todo modo, os nomes dos filmes de Pat deviam ser desconhecidos para ela.

"Esses eram todos mudos", disse ele.

"Ah. Bem, e o que o senhor escreveu ultimamente?"

"Bom, eu trabalhei num filme na Universal — não sei que nome deram para ele no fim das contas..." Viu que ela não estava ficando nem um pouco impressionada. Pensou rápido. O que é que eles sabiam em Boise, Idaho? "Escrevi *Marujo intrépido*", disse, audaciosamente. "E *Piloto de provas* e *O morro dos ventos uivantes* e... *Cupido é moleque teimoso* e *A mulher faz o homem*."*

"Oh!", exclamou ela. "Estão entre meus filmes favoritos, todos eles. E *Piloto de provas* é o preferido do meu namorado. O meu é *Vitória amarga*."**

"Achei *Vitória amarga* uma porcaria", disse ele, afetando modéstia. "Muito metido a intelectual." E acrescentou, para equilibrar um pouco a balança da verdade: "Estou aqui há vinte anos".

Foram até um estúdio e entraram. Pat mandou dizer seu nome ao diretor em ação e eles foram autorizados a entrar no set. Ficaram vendo Ronald Colman ensaiar uma cena.

"Foi o senhor que escreveu isso?", sussurrou Eleanor.

"Eles me chamaram", disse Pat, "mas eu estava ocupado com outro filme."

Sentiu-se jovem de novo, altaneiro e ativo, com um pé em vários projetos. Então se lembrou de uma coisa.

"Tenho uma pré-estreia esta noite."

"*Sério?*"

* Todos os filmes citados são clássicos do final dos anos 1930. Os dois primeiros foram dirigidos por Victor Fleming, e os outros, respectivamente, por William Wyler, Leo McCarey e Frank Capra. ** Melodrama dirigido por Edmund Goulding, em 1939, com Bette Davis como protagonista.

Confirmou com a cabeça.

"Eu ia levar a Claudette Colbert, mas ela pegou um resfriado. Você gostaria de ir?"

II

Ficou alarmado quando ela mencionou uma família, aliviado quando disse que se tratava apenas de uma tia residente na cidade. Seria como nos velhos tempos, passar com uma lourinha bonita diante dos olhos arregalados da multidão na calçada. Seu carro era modelo 1933, mas ele podia dizer que era emprestado — um de seus serviçais japoneses tinha despedaçado sua limusine. E depois? Ele não sabia bem, mas pelo menos naquela noite faria bonito.

Pagou o almoço para ela no refeitório e estava tão animado que pensou em pedir emprestado o apartamento de alguém por um dia. Havia o velho truque de "conseguir um teste para ela". Mas Eleanor só pensava em conseguir um cabeleireiro para se preparar para a noite, e ele a acompanhou a contragosto até o portão de saída. Tomou outro trago com Louie e foi ao escritório de Jack Berners pegar os convites.

A secretária de Berners já estava com eles num envelope.

"Tivemos problemas com eles, sr. Hobby."

"Problemas? Por quê? Será que um homem não pode ir à sua própria pré-estreia? Que novidade é essa?"

"Não é isso, sr. Hobby", disse ela. "O filme está muito falado, a sala lotou."

Inconformado, ele se queixou: "E eles simplesmente não se lembraram de mim".

"Sinto muito." Ela hesitou. "Estes na verdade são os convites do sr. Wainwright. Ele ficou tão furioso com alguma coisa que desistiu de ir — e jogou-os sobre a minha mesa. Eu não devia estar lhe contando isso."

"Estes são os convites *dele*?"

"Sim, sr. Hobby."

Pat conteve a língua. Aquilo equivalia a um triunfo. Wainwright tinha perdido as estribeiras, o que é a última coisa que se deve fazer no ramo do cinema — só é permitido fingir que se perdeu —, de modo que talvez ele não estivesse tão seguro da sua situação. Talvez Pat devesse mesmo ingressar no Sindicato dos Roteiristas e apresentar seu caso — isso se o sindicato o aceitasse como filiado.

Essa era uma questão para depois. Iria buscar Eleanor às cinco da tarde e levá-la "para tomar um coquetel em algum lugar". Comprou uma camisa de dois dólares, que vestiu na própria loja, e um chapéu alpino de quatro dólares, reduzindo assim à metade sua conta bancária, que, desde o Feriado Bancário de 1933,* ele carregava cautelosamente no bolso.

O modesto bangalô em West Hollywood liberou Eleanor sem oferecer resistência. Aos olhos dele, mesmo sem trajar um vestido de gala, ela estava fresca e reluzente como qualquer lourinha bonita dos seus bons tempos. E ansiosa também — transbordando de entusiasmo e gratidão. Ele precisava pensar em alguém que pudesse emprestar o apartamento para o dia seguinte.

"Você gostaria de fazer um teste?", perguntou, quando entravam no bar do Brown Derby.

"E que garota não gostaria?"

"Algumas não fariam — nem por um milhão de dólares." Pat tivera alguns reveses na sua vida amorosa. "Algumas preferem continuar brigando com as teclas da máquina de escrever ou simplesmente ver a vida passar. Você ficaria surpresa."

* Em março de 1933, os bancos norte-americanos suspenderam por uma semana todas as suas transações, num esforço para sustar as falências bancárias e restaurar a confiança no sistema financeiro.

"Eu faria quase qualquer coisa por um teste", disse Eleanor.

Olhando para ela duas horas mais tarde ele se perguntava honestamente se não seria possível arranjar o tal teste. Havia Harry Gooddorf... havia Jack Berners... mas seu crédito estava em baixa por todo lado. Ele podia fazer *alguma coisa* por ela, decidiu. Tentaria pelo menos deixar algum agente interessado — se tudo corresse bem no dia seguinte.

"O que você vai fazer amanhã?", perguntou.

"Nada", ela respondeu prontamente. "Não é melhor a gente comer alguma coisa e ir para a pré-estreia?"

"Claro, claro."

Fez mais uma incursão em sua conta bancária para pagar pelos seis uísques — a pessoa tem o óbvio direito de comemorar antes de sua própria pré-estreia — e levou-a para dentro do restaurante para jantar. Comeram pouco. Eleanor estava empolgada demais — e Pat obtivera suas calorias de outra forma.

Fazia muito tempo que não via um filme com seu nome nos letreiros. Pat Hobby. Na qualidade de homem do povo, ele sempre aparecia nos créditos como Pat Hobby. Seria lindo ler isso de novo, e embora não esperasse que os velhos amigos se levantassem e lhe cantassem *Parabéns a você*, estava certo de que haveria tapinhas nas costas e até mesmo gente se virando para vê-lo quando a multidão fosse saindo lentamente da sala. Seria lindo.

"Estou assustada", disse Eleanor quando caminhavam pela calçada apinhada de fãs.

"Estão olhando para você", disse ele, cheio de confiança. "Eles contemplam essa cara bonita e ficam tentando descobrir se você é atriz."

Um fã veio com um álbum de autógrafos e uma caneta em direção a Eleanor, mas Pat a puxou firmemente para a frente. Estava tarde — o equivalente ao "todos a bordo" estava sendo bradado junto à entrada.

"Seus convites, por favor, senhor."

Pat abriu o envelope e entregou os convites ao porteiro. Em seguida disse a Eleanor:

"Os assentos estão reservados — não tem importância estarmos atrasados."

Ela se achegou a ele, agarrando seu braço — era, afinal, o ponto alto de seu *début*. Antes de darem três passos teatro adentro, uma mão caiu sobre o ombro de Pat.

"Ei, meu chapa, estes convites não são para cá."

Antes que percebessem, eles estavam de volta ao lado de fora da porta, encarados com olhos desconfiados.

"Sou Pat Hobby. Eu escrevi esse filme."

Por um momento, a credulidade oscilou para o seu lado. Então o porteiro durão farejou Pat e chegou mais perto.

"Meu chapa, você está bêbado. Este convite é para outro espetáculo."

Eleanor parecia — e estava — apreensiva, mas Pat manteve a calma.

"Vá lá dentro e chame Jack Berners", disse Pat. "Ele vai lhe dizer."

"Escute", disse o brutamontes, "estes convites são para uma peça burlesca em Los Angeles." Com firmeza, forçava Pat a sair da entrada. "Vá ver seu espetáculo com sua garota. E seja feliz."

"Você não está entendendo. Eu escrevi esse filme."

"Claro. Num sonho maluco."

"Veja no programa. Meu nome está lá. Sou Pat Hobby."

"Você tem como provar? Me mostre a sua carteira de motorista."

Enquanto estendia o documento ao homem, Pat sussurrou para Eleanor: "Não se preocupe!".

"Aqui não diz Pat Hobby", anunciou o porteiro. "Aqui diz que o carro pertence à Companhia de Finanças e Empréstimos North Hollywood. É você, por acaso?"

Uma vez na vida, Pat não conseguiu pensar em coisa alguma para dizer — só lançou um rápido olhar a Eleanor. Nada no rosto dela indicava que ele não estivesse como achava que estava: completamente sozinho.

III

Embora a multidão de curiosos da pré-estreia tivesse começado lentamente a se dispersar, com aquele vago espanto americano quanto ao porquê de terem vindo, afinal de contas, um pequeno grupamento encontrou algo de divertido ou comovente nos rostos de Pat e Eleanor. Os dois eram obviamente penetras, intrusos como eles próprios, mas a multidão se ressentia da audácia de seu esforço para entrar — uma audácia que a multidão não compartilhava. Pequenos gracejos eram audíveis. Então, quando Eleanor já abria caminho aos empurrões para se afastar da cena desagradável, houve um alvoroço junto à porta de entrada. Um homem bem-vestido com mais de um metro e oitenta saiu com passos firmes do teatro e parou, olhando em volta até avistar Pat.

"Aí está você!", gritou.

Pat reconheceu Ward Wainwright.

"Entre lá e veja!", rugiu Wainwright. "Vá lá ver. Tenho aqui alguns canhotos de ingressos! Acho que foi o contrarregra estagiário que dirigiu essa droga! Vá lá ver!" Ao porteiro ele disse: "Tudo bem! Foi ele que escreveu isso. Não quero ter meu nome associado a nenhum fotograma dessa porcaria."

Tremendo de frustração, Wainwright jogou as mãos para o alto e abriu caminho em meio à multidão de curiosos.

Eleanor estava aterrorizada. Mas o mesmo espírito que inspirara o seu "Faria qualquer coisa para entrar no mundo do cinema" a mantinha ali parada — embora ela sentisse dedos invisíveis agarrando seus ombros e tentando puxá-la de volta a

Boise. Tivera a intenção de sair correndo — o mais rápido possível. O porteiro durão e o grandalhão desconhecido tinham cristalizado nela a percepção de que Pat era "um sujeito qualquer". Nunca mais deixaria aqueles olhos injetados chegarem perto dela — pelo menos para nada mais do que um beijo no rosto na porta de casa. Estava se guardando para alguém — e esse alguém não era Pat. No entanto, sentia que aquela multidão persistente era um tributo a ela — um tributo como ela nunca recebera. Várias vezes ela lançou um olhar à multidão — um olhar que agora mudava de um medo hesitante para uma espécie de soberania.

Sentiu-se exatamente como uma estrela.

Pat também era todo autoconfiança. Aquela era *sua* pré-estreia; tudo tinha sido entregue nas suas mãos: seu nome resplandeceria sozinho na tela quando o filme fosse lançado. Tinha que haver um nome, não tinha? — e Wainwright havia retirado o seu.

ROTEIRO DE PAT HOBBY

Segurou com firmeza o cotovelo de Eleanor e a conduziu triunfalmente em direção à porta:

"Alegria, meu bem. É assim que as coisas são. Está vendo?"

Não custa tentar

I

O apartamento de Pat Hobby ficava em frente a uma delicatessen no Wilshire Boulevard. E lá estava deitado o próprio Pat, rodeado por seus livros — o *Motion Picture Almanac* de 1928 e o *Guia de ruas Barton's, 1939* —, por seus quadros, por fotos autenticamente autografadas de Mabel Normand e Barbara LaMarr (que, estando elas mortas, não valiam nada nas casas de penhores) — e pelos próprios pés calçados em seus surrados sapatos de couro, empoleirados no braço de um sofá desconjuntado.

Pat estava "no final de seus recursos" — embora esta expressão seja alarmante demais para descrever uma condição bastante habitual em sua existência. Era um veterano do cinema; tivera em outros tempos uma vida suntuosa, mas nos últimos dez anos os empregos ficaram difíceis de segurar — mais difíceis de segurar que copos.

"Pense só", lamentava-se com frequência. "Nada mais que um escritor — aos quarenta e nove anos."

Durante toda aquela tarde ele tinha folheado o *Times* e o *Examiner* em busca de uma ideia. Embora não tivesse a intenção de criar um filme inteiro a partir dessa ideia, precisava dela para entrar num estúdio. Não tendo alguma coisa a oferecer, era cada vez mais difícil passar pelo portão. Mas, embora aqueles dois jornais, ao lado da revista *Life*, fossem as fontes prospectadas com mais frequência à procura de ideias "originais", naquela tarde eles não renderam nada. Havia guerras, um incêndio em Topanga Canyon, releases dos estúdios, corrupções municipais e as conquistas sempre redentoras dos Trojuns, mas Pat não achou nada que competisse em interesse humano com a página de turfe.

"Se eu pudesse dar uma escapada até Santa Anita", pensou — "quem sabe tivesse uma ideia sobre os páreos."

Esse pensamento animador foi interrompido por seu senhorio, vindo da delicatessen abaixo.

"Eu já disse que não lhe traria mais nenhum recado", disse Nick, "e não vou trazer *mesmo*. Mas o sr. Carl Le Vigne está telefonando pessoalmente do estúdio e quer que você vá até lá agora."

A perspectiva de um trabalho produziu certo efeito em Pat. Anestesiou os amarrotados e relutantes resquícios de valentia, inoculando em seu lugar uma confiança branda e serena. As frases prontas e as poses de sucesso voltaram a ele. Seu jeito, ao piscar para um segurança do estúdio, ao parar para bater papo com Louie, o *bookie*, e ao se apresentar à secretária do sr. Le Vigne, indicava que ele tinha estado envolvido em tarefas grandiosas em outras partes do globo. Ao saudar Le Vigne com um jovial "Oo-láá, capitão!", comportou-se quase como um igual, um lugar-tenente de confiança que nunca abandonou seu posto.

"Pat, sua esposa está no hospital", disse Le Vigne. "Estará provavelmente nos jornais desta tarde."

Pat teve um sobressalto.

"Minha esposa?", perguntou. "Que esposa?"

"Estelle. Ela tentou cortar os pulsos."

"Estelle!", exclamou Pat. "Sério que é *a Estelle*? Quero dizer, fui casado com ela por apenas três semanas!"

"Foi a melhor garota que você teve na vida", disse Le Vigne, com pesar.

"Fazia dez anos que eu não ouvia falar dela."

"Pois está ouvindo agora. Ligaram para todos os estúdios para tentar localizar você."

"Não tive nada a ver com isso."

"Eu sei — ela está aqui há apenas uma semana. Teve uma onda de infortúnios lá onde estava morando, onde era mesmo? Nova Orleans? O marido morreu, o filho morreu, o dinheiro acabou..."

Pat respirou mais aliviado. Não estavam tentando culpá-lo de nada.

"Seja como for, ela vai sobreviver", garantiu-lhe Le Vigne, sem que fosse necessário, "... e ela foi a melhor continuísta do estúdio em sua época. Gostaríamos de cuidar dela. Pensamos que um modo de fazer isso seria te oferecer um trabalho. Não exatamente um trabalho, pois sei que você não está à altura." Lançou um olhar aos olhos injetados de Pat. "Está mais para uma sinecura."

Pat se sentiu desconfortável. Não reconheceu a palavra, mas "sin"* o perturbou e "cura" lhe trouxe toda uma enxurrada de lembranças desagradáveis.

"Você está na folha de pagamentos a duzentos e cinquenta dólares por semana por três semanas", disse Le Vigne, "... mas cento e cinquenta vão para o hospital, para pagar a conta da sua esposa."

"Mas nós nos divorciamos!", protestou Pat. "E não foi nem no México ou coisa parecida. Depois disso eu casei de novo, ela também..."

"É pegar ou largar. Você pode ter uma sala aqui, e se aparecer alguma coisa que você consiga fazer, nós te avisamos."

"Nunca trabalhei por cem dólares por semana."

"Não estamos te pedindo para trabalhar. Se preferir, pode ficar em casa."

Pat mudou de tática.

* "Pecado", em inglês.

"Ah, mas eu vou trabalhar, sim", apressou-se em dizer. "Você me arranja uma boa história, e eu te mostro se não sou capaz."

Le Vigne escreveu alguma coisa num pedaço de papel.

"Muito bem. Vão te arranjar uma sala."

Do lado de fora, Pat leu o bilhete.

"Sra. John Devlin", dizia. "Hospital Bom Samaritano."

Aquelas palavras o irritaram.

"Bom Samaritano!", exclamou. "Bando de vigaristas! Cento e cinquenta pratas por semana!"

II

Pat já tivera vários empregos de favor, mas aquele era o primeiro que o fazia sentir vergonha. Ele não se importava de não ter de fazer por merecer um salário, mas não o receber era outra questão. E ficou se perguntando se outras pessoas no estúdio que obviamente não estavam fazendo nada recebiam um bom salário para isso. Havia, por exemplo, uma porção de lindas moças que andavam leves e frescas como estrelas, e que Pat tomava por garotas comuns até que Eric, o contínuo, contou-lhe que elas eram importações vindas de Viena e Budapeste, esperando ser escaladas para algum filme. Será que metade do salário delas era usada para manter maridos com quem elas tinham sido casadas por três semanas?

A mais adorável delas era Lizzette Starheim, uma lourinha de olhos violeta com um mal disfarçado ar de desencanto. Pat a via sozinha tomando chá quase todas as tardes no refeitório — e travou conhecimento com ela simplesmente sentando-se na cadeira em frente à dela um dia.

"Olá, Lizzette", disse ele. "Sou Pat Hobby, o escritor."

"Oh, *olá*!"

Ela abriu um sorriso tão deslumbrante que por um momento Pat achou que ela já devia ter ouvido falar dele.

“Quando vão escalar você?”, indagou ele.

“Não sei.” O leve sotaque dela era tocante.

“Não deixe te engabelarem. Não com um rostinho desses.” A beleza dela despertava uma eloquência enferrujada. “Às vezes eles te deixam sob contrato até seus dentes caírem, porque você é parecida demais com a grande estrela deles.”

“Ah, não”, disse ela, de modo angustiado.

“Ah, sim!”, ele lhe garantiu. “Estou te dizendo. Por que você não vai até outra companhia que te tome por empréstimo? Já pensou nisso? O que acha?”

“Acho maravilhoso.”

Ele queria desenvolver o assunto, mas a srta. Starheim consultou seu relógio e se levantou.

“Agora preciso ir, senhor...”

“Hobby. Pat Hobby.”

Pat se juntou a Dutch Waggoner, o diretor, que estava jogando conversa fora com uma garçonete em outra mesa.

“Entre um filme e outro, Dutch?”

“Entre um filme e outro uma ova!”, disse Dutch. “Não faço um filme há seis meses e ainda tenho que cumprir seis meses de contrato. Estou tentando rompê-lo. Quem era a lourinha?”

Mais tarde, de volta à sua sala, Pat discutiu esses encontros com Eric, o contínuo.

“Todos contratados e sem nada para fazer”, disse Eric. “Veja só esse Jeff Manfred, agora — um produtor associado! Fica sentado em seu escritório e manda bilhetes para os chefões — e eu lhe trago de volta o recado de que estão em Palm Springs. Isso me parte o coração. Ontem ele pousou a cabeça na mesa e caiu no choro.”

“Qual é a explicação?”, perguntou Pat.

“Mudança na direção”, sugeriu Eric, sombriamente. “Vem aí uma reviravolta brusca.”

“Quem vai para o topo?”, perguntou Pat, com uma excitação mal disfarçada.

“Ninguém sabe”, disse Eric. “Mas bem que eu gostaria de uma promoção! Nossa! Quero um emprego de escritor. Tenho três ideias tão novas que ainda estão com cheiro de tinta fresca.”

“Não é vida que se preze”, Pat lhe garantiu com convicção. “Eu trocaria de profissão com você agora mesmo.”

No dia seguinte, no corredor, ele topou com Jeff Manfred, que caminhava com a pressa nada convincente de quem não tem um destino certo.

“Por que a afobação, Jeff?”, indagou Pat, acertando o passo com ele.

“Estou lendo alguns roteiros”, ofegou Jeff sem convicção.

Pat o arrastou a contragosto para sua sala.

“Jeff, você ouviu falar da reviravolta?”

“Escute, Pat...” Jeff olhou nervosamente para as paredes. “Que reviravolta?”, quis saber.

“Fiquei sabendo que esse Harmon Shaver vai ser o novo chefão”, arriscou Pat. “Wall Street no controle.”

“Harmon Shaver!”, disse Jeff, com escárnio. “Ele não sabe nada de cinema — é só um homem do dinheiro. Fica andando de um lado para o outro feito uma alma penada.” Jeff se sentou e assumiu um ar pensativo. “No entanto... se você estiver *certo*, ele pode ser um homem mais acessível.” Voltou olhos pesarosos para Pat. “Faz um mês que não consigo encontrar Le Vigne, nem Barnes, nem Bill Behrer. Não consigo um trabalho, não consigo um ator, não consigo uma história”, desabafou. “Tenho pensado em arquitetar alguma coisa por conta própria. Você tem alguma ideia?”

“Se eu tenho?”, disse Pat. “Tenho três ideias tão novas que estão com cheiro de tinta fresca.”

“Para quem estrelar?”

"Lizzette Starheim", disse Pat, "com Dutch Waggoner na direção... percebe?"

III

"Estou cem por cento com vocês", disse Harmon Shaver. É a experiência mais estimulante que já tive no cinema." Deu uma risadinha animada de vendedor de ações. "Deus do céu, isso me lembra um circo que a gente armou quando eu era garoto."

Tinham ido ao escritório dele sorrateiramente, como conspiradores: Jeff Manfred, Waggoner, a srta. Starheim e Pat Hobby.

"Gostou do projeto, srta. Starheim?", prosseguiu Shaver.

"Acho maravilhoso."

"E o senhor, sr. Waggoner?"

"Ouvi apenas a linha geral", disse Waggoner com a cautela dos diretores, "mas parece ter a velha potência emocional." Piscou para Pat. "Não sabia que este velho vagabundo ainda tinha essa verve."

Pat resplandecia de vaidade. Jeff Manfred, embora enlevado, mostrava-se menos entusiástico.

"É importante que ninguém fale nada a respeito", disse ele, nervosamente. "Os Figurões encontrariam algum jeito de liquidar a coisa. Daqui a uma semana, quando tivermos o roteiro pronto, vamos até eles."

"Concordo", disse Shaver. "Eles comandam o estúdio há tanto tempo que... bem, eu não confio nem nas minhas próprias secretárias — mandei-as para as corridas de cavalo esta tarde."

De volta à sala de Pat, Eric, o jovem contínuo, estava esperando. Não sabia que era o gancho em que uma coisa enorme estava sendo pendurada.

"Gostou do material?", perguntou, ansioso.

"É bem bom", disse Pat, com indiferença calculada.

"O senhor disse que pagaria mais pela próxima fornada."

"Não seja impiedoso!" Pat se mostrou magoado. "Quantos garotos de recados ganham setenta e cinco dólares por semana?"

"Quantos garotos de recados sabem escrever?"

Pat refletiu. Dos duzentos por semana que Jeff Manfred estava adiantando do próprio bolso, ele naturalmente premiara a si mesmo com uma comissão de sessenta por cento.

"Eu subo para cem", disse ele. "Agora caia fora do estúdio e me encontre na frente do bar do Benny."

No hospital, Estelle Hobby Devlin ergueu o tronco, sentando-se na cama, abalada pela visita inesperada.

"Estou contente que tenha vindo, Pat", disse ela, "você está sendo muito gentil. Recebeu meu bilhete?"

"Esqueça isso", disse Pat, com aspereza. Nunca tinha gostado daquela esposa. Ela o amara demais — até descobrir de repente que ele era um amante medíocre. Na sua presença, ele se sentia inferior.

"Tem um sujeito aí fora", disse ele.

"Para quê?"

"Pensei que você talvez estivesse sem nada pra fazer e quisesse me compensar por toda essa despesa..."

Fez um gesto de mão abarcando o despojado quarto de hospital.

"Você foi uma ótima continuísta em outros tempos. Acha que, se eu te trouxesse uma máquina de escrever, você conseguiria conferir continuidade a um material dos bons?"

"Ora, sim, acho que conseguiria."

"É segredo. Não podemos confiar em ninguém do estúdio."

"Tudo bem", disse ela.

"Vou mandar o rapaz entrar com o material. Tenho que ir a uma reunião."

"Tudo bem... e... oh, Pat... venha me ver outras vezes."

"Venho sim, claro."

Mas ele sabia que não voltaria. Não gostava de quartos de doentes — ele próprio morava num. Dali em diante não queria mais saber de pobreza e fracasso. Admirava era a força — levaria Lizzette Starheim a uma luta livre naquela noite.

IV

Em suas reflexões íntimas, Harmon Shaver se referia àquele acerto de contas como "a festa surpresa". Iria confrontar Le Vigne com um *fait accompli* e reuniu sua trupe antes de telefonar para Le Vigne chamando-o ao seu escritório.

"Para quê?", quis saber Le Vigne. "Você não pode me dizer agora mesmo? Estou ocupadíssimo."

Essa arrogância irritou Shaver — que estava ali para cuidar dos interesses dos acionistas da costa leste.

"Não estou pedindo muito", disse ele, com veemência. "Tenho deixado vocês rirem de mim pelas costas e me excluírem das coisas. Mas agora tenho algo a apresentar e gostaria que você viesse aqui."

"Está bem — está bem."

As sobrancelhas de Le Vigne se ergueram quando ele viu os membros da nova unidade de produção, mas ele não disse nada — esparramou-se numa poltrona com os olhos no chão e os dedos cobrindo a boca.

O sr. Shaver deu a volta na mesa e despejou palavras que vinham fermentando nele ao longo de meses. Resumida a sua essência, seu protesto foi: "Vocês não me deixam brincar, mas eu vou brincar do mesmo jeito". Então fez um aceno de cabeça a Jeff Manfred — que abriu o roteiro e o leu em voz alta. Isso levou uma hora, e durante o tempo todo Le Vigne permaneceu sentado imóvel e em silêncio.

"Aí está", disse Shaver em triunfo. "A menos que você tenha alguma objeção, acho que devemos destinar um orçamento para essa proposta e pôr mãos à obra. Vou reportar ao meu pessoal."

Le Vigne falou por fim.

"Você gostou, srta. Starheim?"

"Acho maravilhoso."

"Em que língua você vai atuar?"

Para surpresa de todos, a srta. Starheim se pôs de pé.

"Agora preciso ir", disse ela, com seu leve e tocante sotaque.

"Sente-se e responda minha pergunta", disse Le Vigne. "Em que língua você vai atuar?"

A srta. Starheim parecia a ponto de chorar.

"Se ter bons professorras eu pode representa bem esse papel", gaguejou.

"Mas você gostou do roteiro."

Ela hesitou.

"Acho maravilhoso."

Le Vigne se virou para os outros.

"A srta. Starheim está aqui há oito meses", disse. "Teve três professores. A menos que as coisas tenham mudado nas duas últimas semanas, ela só é capaz de dizer três frases. É capaz de dizer 'Como vai'; é capaz de dizer 'Acho maravilhoso'; e é capaz de dizer 'Agora preciso ir'. A srta. Starheim se revelou uma palerma — e não a estou ofendendo, porque ela não sabe o que isso significa. Pois bem — essa é a sua Estrela."

Virou-se para Dutch Waggoner, mas Dutch já estava de pé.

"Ora, Carl...", disse, defensivamente.

"Você me obriga a isso", disse Le Vigne. "Tenho confiado em bêbados até certo ponto, mas quero ser um mico de circo se confiar num drogado."

Voltou-se para Harmon Shaver.

"Dutch ficou bem exatamente uma semana em cada um de seus últimos quatro filmes. Está limpo agora, mas assim que a tensão aumentar, ele vai em busca do pozinho branco. Espere aí, Dutch! Não diga nada de que possa se arrepender depois. Estamos mantendo você na base da esperança — mas você não pisará num set de filmagem enquanto não tivermos um atestado médico válido por um ano."

Virou-se de novo para Harmon.

"Então esse é o seu diretor. Seu supervisor, Jeff Manfred, está aqui só por uma razão: ele é primo da esposa de Behrer. Nada contra ele, mas pertence à época do cinema mudo, assim como o... como o..." Seus olhos caíram sobre um homem trêmulo e arrasado, "... como o Pat Hobby."

"O que quer dizer com isso?", perguntou Jeff.

"Você confiou em Hobby, não confiou? Isso diz tudo." Virou-se para Shaver. "Jeff é um chorão, um nostálgico, um sonhador. Sr. Shaver, o senhor comprou um carregamento de material de demolição."

"Bem, eu comprei uma boa história", disse Shaver, em tom de desafio.

"Sim, é verdade. Nós vamos filmar essa história."

"Não é alguma coisa?", indagou Shaver. "Com todo esse sigilo, como é que eu ia saber a respeito do sr. Waggoner e da srta. Starheim? Mas sei o que é uma boa história."

"Sim", disse Le Vigne distraidamente. Ergueu-se da poltrona. "Sim, é uma boa história... Venha comigo até meu escritório, Pat."

Ele já estava na porta. Pat lançou um olhar aflito ao sr. Shaver, como se buscasse apoio. Em seguida, debilmente, foi atrás de Le Vigne.

"Sente-se, Pat."

"Esse Eric tem talento, hein?", disse Le Vigne. "Ele vai longe. Como foi que você o descobriu?"

Pat sentiu as correias da cadeira elétrica sendo ajustadas.

"Ah... eu simplesmente descobri. Ele... veio até minha sala."

"Vamos pagar um salário para ele", disse Le Vigne. "Precisamos ter algum sistema para dar uma chance a esses garotos."

Atendeu um telefonema e em seguida voltou-se a Pat.

"Mas como é que você foi se envolver com esse maldito Shaver? Logo *você*, Pat... um veterano como você."

"Bom, eu pensei..."

"Por que ele não volta para o leste?", continuou Le Vigne com ar de fastio. "Imagina ficar agitando uns bocós como vocês!"

O sangue voltou a fluir pelas veias de Pat. Reconheceu seu sinal, sua deixa.

"Bem, consegui uma história pra você, não foi?", disse, quase se gabando. E acrescentou: "Como você ficou sabendo a respeito?"

"Fui visitar Estelle no hospital. Ela e o rapaz estavam trabalhando no roteiro. Peguei os dois em plena atividade."

"Oh", disse Pat.

"Eu conhecia o garoto de vista. Agora, Pat, me diga uma coisa: o Jeff Manfred achava que você tinha escrito aquilo... ou ele também estava na tramoia?"

"Oh, meu Deus", lamuriou-se Pat. "Por que é que eu tenho que responder isso?"

Le Vigne inclinou-se bastante para a frente.

"Pat, você está sentado sobre um alçapão!", disse, com olhos selvagens. "Está vendo a emenda no carpete? Eu só preciso apertar este botão e você despenca para o inferno! Vai falar ou não vai?"

Num instante Pat estava de pé, encarando o chão de olhos arregalados.

"Claro que vou!", gritou. Tinha acreditado. Acreditava nesse tipo de coisa.

"Tudo bem", disse La Vigne, relaxando. "Tem uísque no aparador ali. Fale depressa e eu te dou mais um mês a duzentos e cinquenta por semana. Até que gosto de ter você por perto."

Um curta-metragem patriótico

Pat Hobby, o escritor e o homem, teve seu grande sucesso em Hollywood durante o período a que Irving Cobb se refere como "a era da piscina de mosaico — imediatamente anterior à era em que era preciso ter uma tíbia de São Sebastião para usar como alavanca de câmbio".

O sr. Cobb sem dúvida exagera, pois quando Pat teve sua piscina naqueles tempos de vacas gordas do cinema mudo, ela era inteiramente de cimento, a menos que se levem em conta as rachaduras pelas quais a água teimosamente buscava seu próprio nível através da lama.

"Mas *era* uma piscina", ele afiançou a si mesmo certa tarde, mais de dez anos depois. Embora agora estivesse mais do que grato pelo trabalho de ocasião que o produtor Berners lhe designara — uma semana a duzentos e cinquenta dólares —, nem toda a arrogância da chefia seria capaz de lhe tirar aquela lembrança.

Tinha sido chamado ao estúdio para trabalhar num humilde curta-metragem. Era baseado na carreira do general Fitzhugh Lee, que lutara pelos Confederados e depois pelos Estados Unidos contra a Espanha — de modo que não iria melindrar nem o Norte nem o Sul. E na reunião recente Pat tentara cooperar.

"Eu estava pensando...", sugeriu a Jack Berners, "... que talvez fosse bom se a gente conseguisse acrescentar um toque judaico."

"Como assim?", perguntou Jack Berners no ato.

"Bom, eu pensei... do jeito que as coisas vão e tal, não poderia ser bom mostrar que havia uma porção de judeus ali também."

"Ali onde?"

"Na Guerra Civil." Passou rapidamente em revista seus escassos conhecimentos de história. "Eles estavam lá, não estavam?"

"Naturalmente", disse Berners, com alguma impaciência, "suponho que todo mundo estava, exceto os quacres."

"Bom, minha ideia é que poderíamos fazer esse Fitzhugh Lee se apaixonar por uma garota judia. Ele vai ser baleado durante o toque de recolher, então se agarra a um sino de igreja..."

Jack Berners inclinou-se para a frente com ar grave.

"Me diga uma coisa, Pat, você quer este trabalho, não quer? Bem, eu te contei a história. Você recebeu o primeiro roteiro. Se achou que essa bobagem iria me agradar, é sinal de que perdeu a mão."

Isso lá era modo de tratar um homem que outrora teve uma piscina que foi assunto de...

Era por isso que estava pensando em sua piscina há tanto tempo perdida quando entrou no departamento de curtas. Rememorava em todos os detalhes um certo dia, mais de uma década atrás, em que chegou ao estúdio em seu carro dirigido por um filipino uniformizado; a mesura reverente do guarda que abriu o portão para o carro, sua subida àquele escritório há muito perdido, que tinha uma sala só para a secretária e que era, na prática, um escritório de diretor...

O devaneio foi desfeito pela voz de Ben Brown, chefe do departamento de curtas, que o conduziu à sua própria sala.

"Jack Berners acaba de me telefonar", disse ele. "Não queremos ângulo novo nenhum, Pat. Temos uma boa história. Fitzhugh Lee foi um enérgico comandante de cavalaria. Era sobrinho de Robert E. Lee e queremos mostrá-lo em

Appomattox,* bem amargurado e tal. E depois mostrar como ele se reconciliou — teremos que tomar cuidado porque a Virgínia está fervilhando de Lees — e como finalmente aceitou uma missão federal determinada pelo presidente McKinley..."

A mente de Pat voou de novo em direção ao passado. O presidente — era essa a palavra mágica que circulara naquela manhã de tantos anos atrás. O presidente dos Estados Unidos faria uma visita ao estúdio. Todo mundo ficara inquieto com aquilo — parecia marcar uma nova era do cinema, já que até então nenhum presidente dos Estados Unidos tinha visitado um estúdio. Os executivos da companhia estavam todos vestidos a rigor — de uma janela de sua casa em Beverly Hills, há muito tempo perdida, Pat avistara o sr. Maranda, da mansão vizinha, alvoroçar-se de fraque pela calçada às nove da manhã, e assim se dera conta de que algo estava acontecendo. Pensou que fosse alguma autoridade religiosa, mas ao chegar ao estúdio descobriu que era o presidente dos Estados Unidos em pessoa que viria...

"Pode limar toda a lenga-lenga sobre a Espanha", Ben Brown estava dizendo. "O sujeito que a escreveu era um vermelho e atiçou um vespeiro de autoridades espanholas. Trate de consertar isso."

Na sala que lhe foi designada, Pat deu uma olhada no roteiro de *Leal a duas bandeiras*. A primeira cena mostrava o general Fitzhugh Lee à frente de sua cavalaria recebendo a notícia de que Petersburg tinha sido evacuada. No roteiro, Lee reagia ao golpe apenas com gestos, mas Pat estava ganhando duzentos e cinquenta dólares por semana — então, como quem não quer nada e sem esforço, escreveu uma de suas falas favoritas:

* Cidade da Virgínia onde o general Robert Edward Lee, comandante das forças do Sul, rendeu-se ao general Grant, encerrando a Guerra de Secessão, ou Guerra Civil norte-americana, em 1865.

LEE (*para seus oficiais*) Bem, o que vocês estão fazendo aqui parados com cara de palermas? FAÇAM alguma coisa!
6. *Plano médio. Oficiais se animando, dando tapinhas nas costas uns dos outros etc.*
Dissolve para:

Para o quê? A mente de Pat se dissolveu de novo no passado glamoroso. Naquele dia feliz dos anos vinte seu telefone tocara por volta do meio-dia. Era o sr. Maranda.

"Pat, o presidente vai almoçar na sala de jantar privativa. Douglas Fairbanks não pôde vir, então sobrou um lugar, e de todo modo achamos que seria bom ter um escritor por lá."

Sua lembrança daquele almoço palpitava de glamour. O Grande Homem fizera algumas perguntas sobre filmes e contara uma piada e Pat gargalhara sem parar com os outros — todos eles homens sólidos em todos os sentidos: ricos, felizes e bem-sucedidos.

Depois o presidente visitaria alguns sets para ver a filmagem de algumas cenas, e mais tarde iria à casa do sr. Maranda para conhecer algumas das atrizes mais famosas durante o chá. Pat não foi convidado para essa recepção, mas de todo modo foi cedo para casa e viu da sua varanda o cortejo chegar de carro, com o sr. Maranda ao lado do presidente no banco traseiro. Ah, ele então se sentiu orgulhoso do cinema, de sua posição nele, do presidente do país feliz em que havia nascido...

Voltando à realidade, Pat baixou os olhos para o roteiro de *Leal a duas bandeiras* e escreveu devagar e atentamente:

Plano de inserção: um calendário — com os anos claramente marcados e as folhas arrancadas por um vento frio, para mostrar Fitzhugh Lee ficando cada vez mais velho.

Sua labuta o deixou com sede — não de água, mas ele sabia que não era conveniente beber qualquer outra coisa logo no primeiro dia de trabalho. Levantou-se, saiu para o corredor e foi até o bebedouro.

Enquanto caminhava, mergulhou de novo em seu devaneio.

Tinha sido uma aprazível tarde californiana, de modo que o sr. Maranda levara seu augusto convidado e o séquito de estrelas para o jardim dos fundos, que era contíguo ao de Pat. Pat havia saído pela porta dos fundos e margeado uma cerca viva de alfena, mantendo-se oculto — até que, sem querer, deu de cara com a comitiva presidencial.

O presidente tinha sorrido e acenado com a cabeça. O sr. Maranda também sorriu e acenou com a cabeça.

"O senhor conheceu o sr. Hobby no almoço", disse o sr. Maranda ao presidente. "É um dos nossos escritores."

"Ah, sim", disse o presidente, "você escreve os filmes."

"Sim, escrevo", disse Pat.

O presidente lançou um olhar à propriedade de Pat.

"Suponho...", disse ele, "... que você tenha um bocado de inspiração sentado à beira dessa bela piscina."

"Sim", disse Pat. "Tenho mesmo."

... Pat encheu seu copo no bebedouro. Pelo corredor um grupo se aproximava: Jack Berners, Ben Brown e vários outros executivos, e com eles uma garota com a qual todos eram atenciosos e corteses. Reconheceu o rosto dela — era a garota do ano, a *It girl*, a garota sex-appeal, a *Glamour Girl*, a garota por cujos serviços todos os estúdios competiam violentamente.

Pat se demorou tomando sua água. Tinha visto muitos farsantes aparecerem e sumirem, mas aquela garota era a coisa autêntica, alguém para alvoroçar todos os corações do país. Sentiu seu próprio coração bater mais rápido. Por fim, quando o cortejo chegou perto, ele pousou o copo, ajeitou o cabelo com a mão e deu um passo corredor adentro.

A garota olhou para ele — ele olhou para a garota. Então ela tomou um braço de Jack Berners e um braço de Ben Brown e de repente o grupo pareceu querer passar através dele — de tal maneira que ele teve de dar um passo para trás, encostando na parede.

Um instante depois Jack Berners se virou e disse para ele: "Olá, Pat". Então alguns dos outros olharam rapidamente em volta, mas ninguém mais disse nada, de tão interessados que estavam na garota.

Em sua sala, Pat examinou a cena em que o presidente McKinley oferece uma missão dos Estados Unidos a Fitzhugh Lee. De repente ele rilhou os dentes e apertou bem o lápis ao escrever:

> LEE Sr. presidente, o senhor pode pegar essa missão e ir com ela direto para o inferno.

Então se curvou sobre a mesa, os ombros sacudindo enquanto ele pensava naquele dia feliz em que tivera uma piscina.

No rastro de Pat Hobby

I

O dia estava escuro desde cedo, e uma bruma californiana pairava em toda parte. Ela seguira Pat em sua impetuosa jornada sem chapéu através da cidade. Seu destino, seu refúgio, era o estúdio, onde ele não estava empregado, mas que tinha sido seu lar por vinte anos.

Era imaginação sua ou o guarda no portão lançou um olhar especialmente demorado a ele e a seu passe? Talvez fosse a falta de chapéu — Hollywood estava cheia de homens de cabeça descoberta, mas Pat se sentia marcado, especialmente por não ter tido oportunidade de refazer a risca de seus ralos cabelos grisalhos.

No Edifício dos Escritores ele foi até o banheiro. Então se lembrou: por força de algum inspirado decreto vindo de cima, todos os espelhos tinham sido removidos do Edifício dos Escritores um ano atrás.

Do outro lado do corredor, viu a porta de Bee McIlvaine entreaberta e distinguiu seu vulto gorducho.

"Bee, você pode me emprestar seu estojo de maquiagem?", perguntou.

Bee olhou para ele com desconfiança, em seguida franziu o cenho e apanhou o estojo na bolsa.

"Está trabalhando no estúdio?", ela perguntou.

"Estarei na semana que vem", profetizou ele. Abriu o estojo sobre a bolsa dela e se debruçou sobre ele com seu pente.

"Por que não colocam os espelhos de volta nos banheiros? Será que eles pensam que os escritores ficam se contemplando o dia todo?"

"Lembra de quando levaram os sofás?", disse Bee. "Foi em 1932. E depois os trouxeram de volta em 1934."

"Eu estava trabalhando em casa", disse Pat, sentido.

Depois de usar seu espelhinho, ele se perguntou se ela não era uma pessoa indicada para lhe emprestar dinheiro — o bastante para ele comprar um chapéu e alguma coisa para comer. Bee deve ter percebido isso em seu olhar, pois se antecipou a ele.

"Os finlandeses ficaram com todo o meu dinheiro",* disse ela, "e estou preocupada com meu emprego. Ou meu filme começa a ser feito amanhã ou vai ser engavetado. Não temos nem sequer um título."

Ela lhe estendeu um boletim mimeografado do departamento de roteiros, e Pat relanceou o cabeçalho.

PARA TODOS OS DEPARTAMENTOS

PROCURA-SE UM TÍTULO — CINQUENTA DÓLARES DE RECOMPENSA

SINOPSE ABAIXO

"Bem que estou precisando desses cinquentinha", disse Pat. "Do que se trata?"

"Está escrito aí. É sobre uma porção de coisas que acontecem em cabanas de turistas."

Pat se sobressaltou e olhou para ela de olhos arregalados. Achou que estava a salvo ali, atrás dos portões com guardas, mas as notícias corriam depressa. Aquilo era um aviso amigável ou

* Provável referência à campanha de arrecadação de fundos para apoiar a independência da Finlândia contra a invasão soviética do país em 1939.

talvez não tão amigável. Precisava se mexer. Agora ele era um homem caçado, sem nenhum lugar para repousar sua cabeça sem chapéu.

"Não sei nada sobre isso", murmurou e saiu apressadamente da sala.

II

Assim que passou pela porta do refeitório, Pat olhou em volta. Não havia ninguém de guarda, com exceção da garota na banca de cigarros, mas para pegar o chapéu de outra pessoa, havia uma complicação: era difícil avaliar o tamanho apenas por um olhar apressado, e a cena de um homem experimentando vários chapéus na recepção era inevitavelmente suspeita.

O gosto pessoal também era um obstáculo. Pat foi atraído por um Fedora verde com uma alegre pluma, mas ele era facilmente identificável. O mesmo se podia dizer de um belo Stetson branco para ambientes ao ar livre. Decidiu-se finalmente por um robusto Homburg cinza que parecia capaz de lhe prestar um bom serviço. Com mãos trêmulas, colocou-o na cabeça. Serviu. Saiu andando — numa dolorosa, interminável câmera lenta.

Sua confiança foi parcialmente restaurada na hora seguinte pelo fato de ninguém que ele encontrou ter feito referência a cabanas de turistas. Tinham sido três meses de vacas magras para Pat. Considerou aquele emprego como recepcionista noturno das Selecto Tourists Cabins um mero tapa-buraco, a não ser jamais mencionado aos amigos. Mas quando os policiais chegaram para fazer uma batida, naquela manhã, mantiveram a operação por tempo suficiente para garantir que Pat — ou Don Smith, como ele disse se chamar — fosse requisitado como testemunha. A história de sua escapada pertence ao reino do melodrama: a maneira como saiu por uma porta lateral, comprou no mercadinho da esquina uma garrafinha daquilo que necessitava desesperadamente, cruzou a metrópole de carona, tremendo de sobressalto cada vez que via guardas de trânsito e só respirando em liberdade quando viu o pretensioso letreiro do estúdio.

Depois de falar brevemente com Louie, o *bookie* do estúdio, de quem tinha sido grande freguês em outros tempos, ele apareceu sem avisar no escritório de Jack Berners. Não tinha ideia alguma a apresentar, mas pegou Jack num momento de pressa, correndo para uma reunião de produtores, e foi inesperadamente convidado para entrar e aguardar seu retorno.

O escritório era faustoso e confortável. Não havia cartas que merecessem ser lidas sobre a mesa, mas havia um decanter e copos num aparador, e em pouco tempo ele se deitou num sofá macio e caiu no sono.

Foi despertado pelo retorno de Berners, que estava fuzilando de indignação.

"Ao diabo com esse absurdo todo! Recebemos um chamado de urgência — os chefes de todos os departamentos. Um homem se atrasa e esperamos por ele. Ele chega e toma uma tremenda bronca por desperdiçar um tempo que vale milhares de dólares. Então o que você acha que era? O sr. Marcus perdeu seu chapéu favorito!"

Pat não associou de imediato o fato consigo mesmo.

"Todos os chefes de departamento paralisaram a produção!", continuou Berners. "Duas mil pessoas procurando um chapéu Homburg cinza!" Afundou desalentadamente numa poltrona. "Não posso conversar com você hoje, Pat. Até as quatro horas tenho que conseguir um título para um filme sobre um acampamento de turistas. Tem alguma ideia?"

"Não", disse Pat. "Não."

"Bom, vá até a sala da Bee McIlvaine e ajude-a a inventar alguma coisa. Valendo cinquenta dólares."

Imerso num torpor, Pat cambaleou em direção à porta.

"Ei", disse Berners, "está esquecendo o chapéu."

III

Pat estava sentado na sala de Bee McIlvane, sentindo os efeitos de seu dia fora da lei e de um copo cheio do conhaque de Berners.

"Temos que arranjar um título", disse Bee, com pesar.

Estendeu a Pat a folha mimeografada oferecendo uma recompensa de cinquenta dólares e colocou uma caneta em sua mão. Pat olhou fixamente para o papel sem enxergá-lo.

"O que me diz?", perguntou ela. "Quem tem um título?"

Houve um longo silêncio.

"*Piloto de provas* já foi usado, né?", disse ele num tom vago.

"Ei, acorde! Não é sobre aviação."

"Bom, eu só estava pensando que é um bom título."

"*O nascimento de uma nação* também é."

"Mas não para este filme", murmurou Pat. "*O nascimento de uma nação* não serviria para este filme."

"Está gozando da minha cara?", perguntou Bee. "Ou está perdendo o juízo? Isso é sério."

"Claro — estou sabendo." Rabiscou debilmente algumas palavras no pé da página. "Tomei uns drinques, só isso. Minha mente vai ficar mais clara num minuto. Estou tentando pensar em quais foram os títulos mais bem-sucedidos. O problema é que todos já foram usados, como *Aconteceu naquela noite*."

Bee o encarou com inquietação. Ele parecia ter dificuldade em manter os olhos abertos e ela não queria vê-lo desmaiar na sua sala. Depois de um minuto ela ligou para Jack Berners.

"Você pode vir aqui? Tive algumas ideias."

Jack chegou com um maço de sugestões enviadas de vários pontos do estúdio, mas ao garimpá-las não descobriu ouro algum.

"E aí, Pat? Chegou a alguma coisa?"

Pat fez um esforço para se animar.

"Eu gosto de *Aconteceu naquela manhã*", disse — e em seguida olhou em desespero para seus rabiscos na folha mimeografada, "ou então — *Grande Motel*."

Berners sorriu.

"*Grande Motel*", repetiu. "Meu Deus! Parece que você achou alguma coisa. *Grande Motel*."

"Eu disse *Grande Hotel*", disse Pat.

"Não, não disse. Você disse *Grande Motel* — e como o dinheiro é meu, você ganha os cinquenta."

"Preciso me deitar", anunciou Pat. "Estou me sentindo mal."

"Tem uma sala vazia do outro lado do corredor. Que ideia divertida, Pat, *Grande Motel* — ou então *Recepcionista de motel*. O que acha deste?"

Quando o fugitivo apressou o passo rumo à porta, Bee pressionou o chapéu contra suas mãos.

"Bom trabalho, veterano", disse ela.

Pat apanhou o chapéu do sr. Marcus e ficou ali parado segurando-o como se fosse uma tigela de sopa.

"Estou... me sentindo... melhor", murmurou depois de um momento. "Depois eu volto para pegar o dinheiro."

E carregando seu fardo cambaleou em direção ao banheiro.

Diversão no ateliê de uma artista

I

Isso foi em 1938, quando pouca gente além dos alemães sabia que eles já tinham vencido sua guerra na Europa. As pessoas ainda ligavam para arte e tentavam fazer arte a partir de qualquer coisa, de roupas velhas a cascas de laranja, e foi assim que a princesa Dignanni descobriu Pat. Ela queria fazer arte a partir dele.

"Não, o senhor não, sr. DeTinc", disse ela. "Não posso pintá-lo. O senhor é um produto muito padronizado, sr. DeTinc."

O sr. DeTinc, que era uma potência do cinema e chegara a ser fotografado com o sr. Duchman, o especialista em Pecado Secreto,* saiu educadamente do caminho. Não se ofendeu — o sr. DeTinc jamais se ofendera na vida, mas especialmente não agora, pois a princesa tampouco queria pintar Clark Gable ou Spencer Rooney ou Vivien Leigh.

Ela avistou Pat no refeitório, ficou sabendo que ele era escritor e pediu que fosse convidado para a festa do sr. DeTinc. A princesa era uma bela mulher nascida em Boston, Massachusetts, e Pat estava com quarenta e nove anos, tinha olhos injetados e um leve ronco de uísque na respiração.

"O senhor escreve roteiros, sr. Hobby?"

* No original, *Secret Sin*: expressão eufemística — e moralista — com que se fazia referência à prática da masturbação. Manteve-se a grafia em maiúsculas para acompanhar o texto original.

"Eu ajudo", disse Pat. "É preciso mais de uma pessoa para preparar um script."

Sentiu-se lisonjeado pela atenção que ela lhe dava e não desconfiou de nada. Ele só estava empregado porque seu supervisor tinha os nervos em frangalhos. Uma semana antes, o supervisor tinha esquecido que contratara Pat. E, quando Pat foi avistado no refeitório e ficou sabendo que era solicitado na casa do sr. DeTinc, passou um *mauvais quart d'heure*. Nem sequer parecia o tipo de festa que Pat conhecera em seus dias dourados. Não havia nem mesmo um bêbado desmaiado no banheiro do andar de baixo.

"Imagino que escrever roteiros seja uma função muito bem paga", disse a princesa.

Pat olhou em volta para ver quem poderia estar ouvindo. O sr. DeTinc tinha recuado um pouco seu enorme vulto, mas um de seus olhos aparentemente independentes parecia vidrado em Pat.

"Muito bem pago", disse Pat — e acrescentou num tom mais baixo: "... para quem consegue".

A princesa pareceu compreender e baixou a voz também.

"O senhor quer dizer que os escritores têm dificuldade de conseguir trabalho?"

Assentiu com a cabeça.

"Muitos deles entram nos tais sindicatos." Ergueu um pouco a voz para que chegasse ao sr. DeTinc. "São todos vermelhos, a maioria desses escritores."

A princesa concordou com a cabeça.

"Será que o senhor poderia virar um pouco o rosto para a luz?", disse ela educadamente. "Assim, ótimo. Faria a gentileza de vir ao meu ateliê amanhã? Seria só para posar para mim por uma hora."

Ele a perscrutou de novo.

"Nu?", perguntou, prudentemente.

"Ah, não", ela afiançou. "Só a cabeça."

O sr. DeTinc se aproximou e fez um gesto afirmativo com a cabeça.

"Não deixe de ir. A princesa Dignanni vai retratar alguns dos maiores astros daqui. Vai pintar Jack Benny, Baby Sandy, Hedy Lamarr — não é verdade, princesa?"

A artista não respondeu. Era uma ótima pintora de retratos e sabia o quanto era boa de fato e o quanto devia a seu título nobiliárquico. Estava hesitando entre seus vários estilos — o período rosa de Picasso com um toque de Boldini, ou puro Reginald Marsh. Mas sabia que nome daria à nova fase. Iria chamá-la de *Hollywood and Vine*.*

II

Apesar da garantia de que ficaria vestido, Pat esperou pelo compromisso sentindo-se inquieto. Em seus impressionáveis anos de juventude ele espiara pelo buraquinho de uma máquina em que duas dúzias de cartões-postais passavam em sequência diante de seus olhos. A história que se desenrolava era *Diversão no estúdio de um artista*. Mesmo agora, quando o strip-tease já era uma atividade legalizada no município, ele ficou um pouco chocado com a lembrança, e ao se apresentar no dia seguinte no bangalô da princesa no Beverly Hills Hotel não ficaria surpreso se ela o recebesse envolta numa toalha turca. Desapontou-se. Ela vestia um avental e seu cabelo preto estava penteado para trás como o de um rapaz.

Pat parara no caminho para tomar uns drinques, mas suas primeiras palavras — "E aí, Duquesa?" — fracassaram na tentativa de criar um clima jovial para a ocasião.

"Bem, sr. Hobby", disse ela com frieza, "foi gentileza sua me conceder uma tarde do seu tempo."

* *Hollywood and Vine*: ver nota da p. 26.

"Não trabalhamos muito em Hollywood", ele a tranquilizou. "Deixamos tudo para *mañana* — que em espanhol quer dizer 'amanhã'."

Ela o conduziu sem demora para um cômodo nos fundos, onde um cavalete sustentava uma tela quadrada junto à janela. Havia um sofá e eles se sentaram.

"Quero me acostumar com o senhor por um minuto", disse ela. "Já posou alguma vez?"

"Tenho cara de quem já posou?" Ele piscou e, diante do sorriso dela, sentiu-se melhor e perguntou: "Por acaso teria um drinque?".

A princesa hesitou. Queria que ele aparentasse estar *necessitado* de um. Fazendo uma concessão, foi até a geladeira e preparou para ele um uísque com soda pequeno. Ao voltar, viu que ele tinha tirado o casaco e a gravata e estava esparramado informalmente no sofá.

"Assim está melhor", disse a princesa. "Essa camisa que o senhor está usando me dá a impressão de ser feita para Hollywood — assim como as estampas especiais que fazem para o Ceilão ou a Guatemala. Agora tome seu drinque e vamos começar a trabalhar."

"Por que não toma um drinque também e relaxa um pouco?", sugeriu Pat.

"Tomei um na copa", mentiu ela.

"É casada?", ele perguntou.

"Já fui. Agora se importaria de sentar neste banquinho?"

A contragosto Pat se levantou, pousou o drinque, meio insatisfeito com o gosto ralo, e foi até o banquinho. "Agora fique bem quieto", disse ela.

Ficou sentado em silêncio enquanto ela trabalhava. Eram três horas. Estavam correndo o terceiro páreo em Santa Anita, e ele tinha apostado dez pratas numa barbada. Com isso eram sessenta que ele devia a Louie, o *bookie* do estúdio, e Louie se postava firmemente ao lado dele diante do guichê de pagamento toda quinta-feira. Aquela madame tinha boas pernas sob o cavalete — seus lábios vermelhos lhe agradavam, e também o modo como seus braços nus se moviam quando ela trabalhava. Em outros tempos ele não teria sequer olhado para uma mulher acima dos vinte e cinco, a menos que fosse uma secretária trabalhando bem à sua frente no escritório. Mas as garotas que andavam por aí agora eram esnobes — sempre ameaçando chamar a polícia.

"Por favor, não se mexa, sr. Hobby."

"O que me diz de uma parada?", sugeriu ele. "Esse trabalho deixa a gente com sede."

Fazia meia hora que a princesa estava pintando. Ela parou e o encarou por um momento.

"Sr. Hobby, o senhor me foi emprestado pelo sr. DeTinc. Por que não se comporta simplesmente como se estivesse trabalhando no estúdio? Eu acabo em mais meia hora."

"O que é que eu ganho com isso?", perguntou ele. "Não sou modelo — sou escritor."

"Seu salário do estúdio não foi suspenso", disse ela, retomando seu trabalho. "Qual o problema se o sr. DeTinc quer que o senhor faça isto?"

"É diferente. A senhora é uma dama. Tenho meu autorrespeito a zelar."

"O que espera que eu faça? Que flerte com o senhor?"

"Não — isso é coisa antiga. Mas achei que poderíamos sentar e tomar um drinque."

"Mais tarde talvez", disse ela, emendando em seguida: "É um trabalho mais duro que no estúdio? É tão difícil assim ficar olhando para mim?".

"Não me incomodo de olhar para a senhora, mas por que não podemos sentar no sofá?"

"Lá no estúdio o senhor não senta no sofá."

"Claro que sento. Olhe, se a senhora tentasse abrir as portas de todas as salas do Edifício dos Escritores, encontraria várias trancadas, não duvide."

Ela deu um passo para trás e olhou para ele com os olhos apertados.

"Trancadas? Para que não sejam perturbados?" Pousou o pincel. "Vou lhe servir um drinque."

Ao retornar, ela parou por um momento na soleira da porta — Pat havia tirado a camisa e estava de pé no meio do aposento, bastante encabulado, estendendo-a na direção dela.

"Aqui está a camisa", disse ele. "Pode ficar com ela. Sei onde achar muitas outras."

Ela continuou olhando para ele por mais algum tempo; depois apanhou a camisa e a colocou no sofá.

"Sente-se e deixe-me terminar", disse ela. Diante da hesitação dele, acrescentou: "Aí tomaremos um drinque juntos".

"Quanto tempo demora ainda?"

"Quinze minutos."

Ela trabalhava rápido — várias vezes ficou contente com a parte inferior do rosto, várias vezes ficou pensativa e começou de novo. Estava faltando alguma coisa que ela tinha visto no refeitório.

"É artista há muito tempo?", perguntou Pat.

"Há muitos anos."

"Já esteve em muitos ateliês de artistas?"

"Em uma porção — e tive meus próprios ateliês."

"Imagino que muita coisa acontece nesses ateliês. Alguma vez a senhora..."

Hesitou.

"Alguma vez eu o quê?", indagou ela.

"Já pintou um homem nu?"

"Fique sem falar por um minuto, por favor." Ela ficou parada com o pincel no ar, parecendo estar à escuta, depois deu uma pincelada rápida e contemplou o resultado com ar de dúvida.

"Sabia que o senhor é difícil de pintar?", disse ela, pousando o pincel.

"Não gosto desse negócio de ficar posando", admitiu ele. "Vamos encerrar por hoje." Levantou-se. "Por que não... por que não veste alguma coisa mais confortável?"

A princesa sorriu. Iria contar aquela história a seus amigos — de certo modo ela ia fazer parte do retrato, se o retrato ficasse bom, o que agora era dúvida.

"O senhor precisa rever seus métodos", disse ela. "Costuma ter muito sucesso com essa abordagem?"

Pat acendeu um cigarro e sentou.

"Olha, se você tivesse dezoito anos, eu jogaria aquela conversa de estar louco por você."

"Mas por que precisa haver uma cantada, afinal?"

"Ah, sem essa!", ele a advertiu. "Você queria me pintar, não queria?"

"Queria."

"Bom, quando uma dona quer pintar um sujeito..." Pat se curvou, desamarrou os cadarços e arrancou os sapatos, colocando os pés sobre o sofá. "... quando uma dona quer ver um sujeito por algum motivo, ou um sujeito quer ver uma dona, sempre há um desfecho, sabe."

A princesa suspirou. "Bem, parece que estou encalacrada", disse ela. "Mas fica muito difícil quando a dona quer apenas retratar um sujeito."

"Quando a dona quer retratar um sujeito..." Pat semicerrou os olhos, balançou a cabeça e agitou as mãos de modo expressivo. Quando suas mãos de repente foram em direção a seus suspensórios, ela falou numa voz mais alta.

"Guarda!"

Houve um som atrás de Pat. Ele se virou e viu um rapaz em traje cáqui, com reluzentes luvas negras, em pé junto à porta.

"Guarda, este homem é um funcionário do sr. DeTinc. O sr. DeTinc o emprestou a mim esta tarde."

O policial olhou para a imagem estampada da culpa no sofá.

"Ele foi inconveniente?", perguntou.

"Não quero prestar queixa — solicitei um policial para me sentir segura. Ele deveria posar nu para mim e agora se recusa." Caminhou despreocupadamente até o seu cavalete. "Sr. Hobby, por que não deixa esse falso recato de lado? O senhor encontrará uma toalha turca no banheiro."

Pat tateou estupidamente em busca dos sapatos. De algum modo, um flash passou em sua mente dizendo que o oitavo páreo estava correndo em Santa Anita...

"Você aí, pode ir se mexendo", disse o policial. "Você ouviu o que a moça disse."

Pat se levantou vagamente e lançou um olhar longo e lancinante à princesa.

"Você me disse...", protestou, com voz rouca, "que queria pintar..."

"Você me disse que eu tinha segundas intenções. Depressa, por favor. Ei, policial, tem um drinque na copa."

... Alguns minutos depois, enquanto Pat estava sentado trêmulo no centro da sala, sua memória retornou àqueles slides eróticos de sua juventude — embora no momento ele não conseguisse ver muita semelhança. Estava grato pelo menos por ter uma toalha turca, ainda com dificuldade de perceber que a princesa não estava interessada em seu alquebrado corpo, mas em seu rosto.

Ele estava com a expressão exata que a seduzira no refeitório, aquela expressão de *Hollywood and Vine*, o alter ego do sr. DeTinc — e ela trabalhou rápido enquanto ainda havia luz suficiente para pintar.

Dois veteranos

Phil Macedon, outrora o Astro dos Astros, e Pat Hobby, roteirista, colidiram no Sunset Boulevard perto do Beverly Hills Hotel. Eram cinco da manhã e havia cheiro de bebida no ar enquanto eles discutiam e o sargento Gaspar os levou para a delegacia. Pat Hobby, um homem de quarenta e nove anos, não queria dar o braço a torcer, aparentemente porque Phil Macedon não admitia que os dois eram velhos conhecidos.

Ele se chocou acidentalmente com o sargento Gaspar, que ficou tão irritado que o colocou numa salinha com grades enquanto esperavam o capitão chegar.

Cronologicamente Phil Macedon se situava entre Eugene O'Brien e Robert Taylor. Ainda era um homem bonito aos cinquenta e poucos anos e guardara de seus anos dourados o suficiente para ter uma *hacienda* no Vale de San Fernando; ali ele descansava tão cheio de glória e folgazão, e com o mesmo propósito na vida que o velho Man o' War.*

Com Pat Hobby a vida tinha operado de outra maneira. Depois de vinte e um anos na indústria, escrevendo roteiros e publicidade, o acidente o encontrou dirigindo um carro de 1933 que nos últimos tempos se tornara propriedade da Companhia de Finanças e Empréstimos North Hollywood. E dizer

* Embora *man of war* possa ser traduzido por soldado ou guerreiro e *man-of-war* por navio de guerra, tudo indica que, no caso, o narrador se refere ao célebre cavalo de corrida Man o' War (1917-47), também chamado de Big Red por causa do pelo avermelhado.

que no passado, nos idos de 1928, ele tinha chegado ao ponto de pesquisar orçamentos para construir uma piscina particular.

Estava furioso em sua cela, ainda ressentido porque Macedon não admitia que já se conheciam.

"Suponho que não se lembre do Coleman também", disse, com sarcasmo. "Nem de Connie Talmadge, Bill Corker, Allan Dwan."

Macedon acendeu um cigarro com aquele *timing* insuperável do cinema mudo e ofereceu um ao sargento Gaspar.

"Será que não posso deixar para depor amanhã?", perguntou. "Tenho um cavalo para treinar..."

"Sinto muito, sr. Macedon", disse o policial — e estava sendo sincero, pois o ator era um de seus favoritos de longa data. "O capitão deve chegar a qualquer momento. Depois disso, não reteremos mais *o senhor*."

"É só uma formalidade", disse Pat, de sua cela.

"Sim, é só uma..." O sargento Gaspar olhou sério para Pat. "Talvez não seja só uma formalidade para *você*. Já ouviu falar em teste de sobriedade?"

Macedon jogou seu cigarro porta afora e acendeu outro.

"Digamos que eu volte daqui a duas horas", sugeriu.

"Não", lamentou o sargento Gaspar. "E já que eu tenho que segurá-lo aqui, sr. Macedon, quero aproveitar a oportunidade para lhe contar que o senhor foi muito importante para mim uma vez. Aquele filme que o senhor fez, *O esforço final*, significou muito para todos os homens que estiveram na guerra."

"Ah, sim", disse Macedon sorrindo.

"Eu tentava falar da guerra com minha esposa — como era, as bombas, as metralhadoras — passei sete meses lá, com o 26º regimento da Nova Inglaterra —, mas ela nunca entendeu. Ela apontava o dedo pra mim e dizia: 'Boom! Você está morto', e então eu ria e desistia de tentar fazê-la entender."

"Ei, posso sair daqui?", quis saber Pat.

"Quieto aí!", disse Gaspar com ferocidade. "Provavelmente você nem esteve na guerra."

"Estive na Guarda Interna do Cinema", disse Pat. "Tenho vista ruim."

"Escute só o sujeito", disse Gaspar com desprezo. "É o que dizem todos os fujões. A guerra foi um caso sério. E depois que a minha mulher viu aquele seu filme, nunca mais tive que explicar para ela. Ela entendeu. Passou a falar de um jeito diferente depois daquilo — nunca mais apontou o dedo pra mim e disse 'Boom!'. Nunca vou esquecer da parte em que o senhor estava naquela cratera de bomba. Aquilo foi tão real que me fez suar nas mãos."

"Obrigado", disse Macedon afavelmente. Acendeu outro cigarro. "Veja, eu mesmo estive na guerra, então sabia como era. Conhecia a sensação."

"Sim, senhor", disse Gaspar, com gratidão. "Bem, estou contente com a oportunidade de lhe contar o que fez por mim. O senhor... o senhor explicou a guerra para minha mulher."

"Do que vocês estão falando?", perguntou Pat, de repente. "Daquele filme de guerra que Bill Corker fez em 1925?"

"Lá vem ele de novo", disse Gaspar. "Claro — *O nascimento de uma nação*. Agora fique quietinho aí até o capitão chegar."

"Phil Macedon já me conhecia naquela época, sim, senhor", disse Pat, ressentido. "Eu até o vi trabalhando no set desse filme um dia."

"Eu simplesmente não me lembro de você, meu velho", disse Macedon educadamente. "Não posso fazer nada."

"Lembra do dia em que Bill Corker filmou aquela sequência da cratera de bomba, não lembra? Era o seu primeiro dia no filme."

Seguiu-se um momento de silêncio.

"Quando o capitão vai chegar?", perguntou Macedon.

"A qualquer momento, sr. Macedon."

"Bom, eu me lembro", disse Pat, "... porque estava lá quando ele mandou cavarem aquela cratera. Ele estava no terreno dos fundos do estúdio, às nove da manhã, com uma turma de trabalhadores braçais para cavar o buraco, além de quatro câmeras. Ele ligou para você de um telefone de campanha e lhe disse para ir até o figurinista e vestir um uniforme de soldado. Agora se lembra?"

"Não fico enchendo minha cabeça com detalhes, meu velho."

"Você ligou de volta dizendo que não tinham uma farda que te servisse, e Corkey te mandou calar a boca e vestir uma mesmo assim. Quando chegou ao set você estava aborrecido e furioso porque o uniforme não cabia em você."

Macedon sorriu de modo encantador.

"Você tem uma memória impressionante. Tem certeza de que está falando do filme certo — e do ator certo?", perguntou.

"Claro que estou!", disse Pat, asperamente. "Posso ver a cena agora mesmo. Só que você não teve muito tempo para se queixar do uniforme, porque não era esse o plano de Corker. Ele sempre achou que você era o pior canastrão de arrancar uma atuação minimamente natural em Hollywood. Por isso armou um estratagema. Iria filmar a cena mais importante do filme por volta do meio-dia — antes mesmo que você percebesse que estava atuando. Fez você virar de costas para a cratera e te jogou lá dentro. Você caiu sentado e ele gritou 'Câmera'."

"É mentira", disse Phil Macedon. "Eu *desci* sozinho."

"Ah é? Então por que começou a gritar?", perguntou Pat. "Ainda posso te ouvir: 'Ei, que ideia é essa? É alguma... piada? Me tira daqui agora ou abandono esse filme!'"

"... e você ficou o tempo todo tentando sair do buraco, se agarrando com as unhas na terra das margens, tão enlouquecido que não enxergava nada. Quando estava quase conseguindo sair, escorregava de novo para o fundo e ficava lá com a cara transtornada — até que finalmente começou a berrar, e o tempo todo Bill mantinha as quatro câmeras te filmando. Depois de uns vinte minutos você desistiu e simplesmente ficou lá deitado, ofegando. Bill rodou uns trinta metros de película disso e depois mandou dois operários te tirarem de lá."

O capitão de polícia tinha chegado na radiopatrulha. Estava de pé na soleira da porta, na contraluz dos primeiros raios da aurora.

"O que temos aqui, sargento? Um bêbado?"

O sargento Gaspar foi até a cela, destrancou-a e, com um gesto, mandou Pat sair. Pat piscou por um momento — e então seus olhos caíram em Phil Macedon e ele brandiu um dedo no ar.

"Está vendo como eu te conheço?", disse. "Bill Corker pegou aquele pedaço de filme e colocou letreiros de forma que você parecia ser um soldado raso cujo camarada tinha acabado de ser morto. Você queria sair do buraco e se vingar dos alemães, mas as granadas explodindo ao redor e os abalos na terra te jogavam de volta para dentro."

"Qual é o problema aqui?", perguntou o capitão.

"Eu quero provar que conheço este sujeito", disse Pat. "Bill disse que o melhor momento do filme era quando Phil estava berrando 'Já quebrei uma unha!' Bill colocou na legenda: 'Dez chucrutes vão engraxar tuas botas no inferno, amigo!'"

"Temos aqui 'colisão com ingestão de álcool'", disse o capitão, examinando o boletim de ocorrência. "Vamos levar esses dois sujeitos até o hospital e fazer o teste com eles."

"Olha só", disse o ator, com seu sorriso cintilante, "meu nome é Phil Macedon."

O capitão era um policial nomeado por indicação política e muito jovem. Lembrava-se do nome e do rosto, mas não ficou especialmente impressionado, pois Hollywood estava cheia de gente que já havia sido alguém.

Entraram todos na radiopatrulha que estava à porta.

Depois do teste, Macedon foi retido na delegacia até que seus amigos pudessem pagar a fiança. Pat Hobby foi dispensado, mas seu carro não tinha condições de rodar, então o sargento Gaspar lhe ofereceu uma carona até sua casa.

"Onde você mora?", perguntou ao dar a partida.

"Não estou morando em nenhum lugar esta noite", disse Pat. "É por isso que eu estava rodando de carro por aí. Quando um amigo meu acordar, eu vou lhe pedir uns dólares e me hospedar num hotel.

"Ora, ora", disse o sargento Gaspar, "tenho uns dólares que não estou usando."

As grandes mansões de Beverly Hills passavam pelo vidro do carro e Pat acenou para elas, numa saudação.

"Nos velhos e bons tempos", disse, "eu podia aparecer numa dessas casas a qualquer hora do dia ou da noite. E nas manhãs de domingo..."

"É verdade o que você disse na delegacia?", perguntou Gaspar, "... sobre o modo como jogaram ele no buraco?"

"Claro que sim", disse Pat. "Ele não precisava ser tão arrogante. É só um veterano como eu."

Mais poderosos que a espada

I

O homem moreno, com olhos que saltavam para a frente e para trás como se houvesse um elástico na parte posterior da sua cabeça, atendia pelo pseudônimo de Dick Dale. O homem alto, de óculos, que tinha o porte de um camelo sem corcova — e a gente sentia falta da corcova inexistente —, respondia pelo nome de E. Brunswick Hudson. O local era uma banca de engraxate, unidade insignificante do grandioso estúdio. Observamos a cena pelos olhos injetados de Pat Hobby, que está sentado na cadeira ao lado do diretor Dale.

A banca ficava ao ar livre, em frente ao refeitório, do outro lado da rua. A voz de E. Brunswick Hudson tremia de veemência, mas estava modulada em volume baixo para não ser ouvida por transeuntes.

"Não sei o que um escritor como eu está fazendo aqui, pra começo de conversa", disse ele, com vibrações.

Pat Hobby, que era um veterano, tinha a resposta, mas não era conhecido dos outros dois.

"É uma situação engraçada", disse Dick Dale. E para o garoto engraxate: "Use aquele verniz para sela de couro".

"Engraçada?!", trovejou E. "É suspeita, isso sim! Aqui, contrariando meu próprio juízo, escrevo exatamente o que você me diz para escrever — e a chefia me manda cair fora porque parece que não nos entendemos."

"Isso é ser civilizado", explicou Dick Dale. "O que você quer que eu faça? Que te derrube com um soco?"

E. Brunswick tirou os óculos.

"Pois tente!", sugeriu. "Eu peso setenta e cinco quilos e não tenho nem vinte gramas de carne em mim." Hesitou e se recompôs do absurdo: "Quero dizer, de *gordura*".

"Ah, que se dane o seu peso!", disse Dick Dale com desprezo. "Não quero ter nada a ver com você. Tenho que colocar esse filme de pé. Você volta para a costa leste e escreve mais um livro e esquece esta história." Olhou por um momento para Pat Hobby, sorrindo como se *ele* fosse capaz de entender, como se qualquer um fosse capaz de entender, menos E. Brunswick Hudson. "Não posso lhe ensinar tudo sobre cinema em três semanas."

Hudson recolocou os óculos.

"Quando eu de fato escrever um livro", disse ele, "vou fazer de você o alvo do riso da nação inteira."

E se retirou, impotente, perplexo, derrotado. Depois de um minuto, Pat falou.

"Esses caras nunca pegam o espírito da coisa", comentou. "Nunca vi um que captasse o espírito, e olhe que estou há vinte anos no ramo, escrevendo publicidade e roteiro."

"Você está trabalhando no estúdio?", perguntou Dale.

Pat hesitou.

"Acabei de terminar um trabalho", disse.

Isso tinha sido cinco meses antes.

"Em que filmes você trabalhou?", perguntou Dale.

"Estou nos créditos de filmes desde 1920."

"Venha até minha sala", disse Dick Dale, "gostaria de conversar sobre uma coisa — agora que o sujeito voltou para sua fazenda na Nova Inglaterra. Por que é que eles sempre têm uma fazenda na Nova Inglaterra — com tanta terra não cultivada aqui no Oeste?"

Pat deu seus penúltimos dez centavos ao engraxate e desceu da banca.

II

Estamos no meio de uma discussão técnica.

"O problema é que esse compositor Reginald de Koven não tem colorido algum", disse Dick Dale. "Não era surdo como Beethoven, não era um garçom que cantava, não foi parar na cadeia ou algo do tipo. A única coisa que ele fazia era escrever música e o único gancho que temos é aquela canção "O Promise Me". Temos que tramar alguma coisa em torno disso — uma dona lhe promete alguma coisa e no final ele cobra."

"Quero um tempo para pensar no assunto", disse Pat. "Se Jack Berners me colocar no filme..."

"Ele vai te colocar", disse Dick Dale. "Daqui em diante eu escolho meus próprios roteiristas. Quanto você ganha — mil e quinhentos?" Olhou para os sapatos de Pat. "Setecentos e cinquenta?"

Pat o encarou inexpressivamente por um momento; depois, assim do nada, apresentou sua melhor obra de ficção imaginativa em uma década.

"Eu me envolvi com a mulher de um produtor", disse, "e eles se juntaram contra mim. Agora só ganho trezentos e cinquenta."

De certa forma era o trabalho mais fácil que já tivera. O diretor Dick Dale era um tipo que, cinquenta anos antes, poderia ser encontrado em qualquer cidadezinha americana. Em geral era o fotógrafo local, com muita frequência inventor de pequenas engenhocas mecânicas e líder de movimentos bizarros de moradores, e quase sempre contribuía com versos para a imprensa local. Todos os exemplares mais ativos desse "tipo intuitivo" tinham migrado para Hollywood entre 1910 e 1930, e conquistado um nível de realização psicológica inconcebível em qualquer outra época e local. Finalmente, e em larga escala, tinham sido capazes de impor seu jeito. Nas semanas em que Pat Hobby e Mabel Hatman, continuísta do sr. Dale, sentaram-se ao seu lado e trabalharam no roteiro, não entrou no texto nenhum gesto, nenhuma palavra, que não fosse de autoria de Dick Dale. Pat arriscava vez ou outra uma sugestão, alguma coisa na linha "É sempre bom".

"Espere um pouco! Espere um pouco!" Dick Dale estava de pé, com as mãos espalmadas. "Acho que estou vendo um cachorro." Eles esperavam, tensos e sem respirar, enquanto ele via um cachorro.

"Dois cachorros."

Um segundo cachorro tomava seu lugar ao lado do primeiro nas visões obedientes dos dois.

"Abrimos com um cachorro de coleira — a câmera recua para mostrar outro cachorro — agora eles estão avançando furiosamente um contra o outro. A câmera recua mais — as coleiras estão amarradas a mesas — as mesas tombam. Estão vendo?"

Ou então, do nada:

"Acho que vejo De Koven como aprendiz de estucador."

"Sim". Em tom esperançoso.

"Ele vai a Santa Anita e cobre as paredes de estuque, cantando enquanto trabalha. Anote isso, Mabel." E ele continuava...

Em um mês eles tinham as cento e vinte páginas requeridas. Reginald de Koven, ao que parecia, embora não fosse alcoólatra, era muito apegado à "pequena jarra marrom".* O pai da moça que ele amava tinha morrido por causa da bebida, e depois do casamento, quando ela o surpreendeu bebendo da

* No original, "The Little Brown Jug", célebre canção composta em 1869 por Joseph Eastburn Winner e desde então associada ao hábito da bebida. Ganhou grande popularidade na época da Lei Seca nos Estados Unidos.

pequena jarra marrom, não houve meio de fazê-la ficar. Passaram-se vinte anos. Ele ficou famoso e ela cantava as canções dele como Maid Marian, mas ele nunca soube que se tratava da mesma moça.

O roteiro, com a rubrica "Temporariamente Completo. De Pat Hobby" foi para o escritório da chefia. O cronograma determinava que Dale começasse a filmar em uma semana.

Vinte e quatro horas depois ele estava sentado com a equipe em sua sala, numa atmosfera de abatimento. Pat Hobby era o menos deprimido. Quatro semanas a trezentos e cinquenta dólares por semana, mesmo descontando os duzentos que ele deixara escapar em Santa Anita, estavam bem longe dos vinte centavos que tinha no bolso na banca de engraxate.

"Assim é o cinema, Dick", disse ele, em tom consolador. "Um dia você está por cima, no outro está por baixo — um dia está dentro, no outro, fora. Qualquer veterano sabe disso."

"É", disse Dick Dale distraidamente. "Mabel, telefone para aquele E. Brunswick Hudson. Está na fazenda dele na Nova Inglaterra — ordenhando abelhas, quem sabe."

Em alguns minutos ela informou:

"Ele chegou a Hollywood esta manhã, sr. Dale. Localizei-o no Beverly Wilshire Hotel."

Dick Dale pressionava o telefone contra a orelha. Sua voz era branda e amistosa ao dizer:

"Sr. Hudson, houve um dia aqui em que o senhor teve uma ideia que me agradou. O senhor disse que iria escrevê-la. Era sobre o tal De Koven roubar sua música de um pastor de ovelhas de Vermont. Lembra disso?"

"Sim."

"Bem, Berners quer iniciar a produção agora mesmo, caso contrário não poderemos contar com o elenco, portanto estamos encalacrados, se é que me entende. O senhor por acaso ainda tem esse material?"

"Lembra de quando eu o levei aí para você?", perguntou Hudson. "Você me deixou esperando duas horas — e depois o folheou em dois minutos. Seu pescoço estava doendo — acho que precisava de uma massagem. Nossa, como doía, aquilo. Foi a única coisa boa daquela manhã."

"No ramo do cinema..."

"Fico muito feliz que esteja empacado. Eu não lhe contaria nem a *História dos três ursinhos* por cinquenta mil dólares."

Ao ouvir o clique do telefone sendo desligado, Dick Dale se virou para Pat.

"Malditos escritores!", disse, enlouquecido. "Pra que a gente paga vocês? Milhões — e vocês escrevem um monte de bobagens que eu não tenho como filmar, e ficam esquentados se a gente não lê suas porcarias! Como um homem pode fazer filmes quando lhe dão dois filhos da mãe como você e Hudson? Como? O que você acha, seu parasita movido a uísque?"

Pat se levantou — deu um passo em direção à porta. Disse que não sabia.

"Fora daqui!", gritou Dick Dale. "Você não está mais na folha de pagamento. Caia fora do estúdio."

O destino não concedera a Pat uma fazenda na Nova Inglaterra, mas havia um café bem em frente ao estúdio onde sonhos bucólicos floresciam em garrafas desde que você tivesse o dinheiro necessário. Ele não queria ir embora do estúdio, que por tantos anos tinha sido seu lar, de modo que voltou às seis e subiu para sua sala. Estava trancada. Viu que já tinha sido destinada a outro escritor — o nome na porta era E. Brunswick Hudson.

Passou uma hora no refeitório, fez outra visita ao bar e então algum instinto o levou a um set de filmagem onde havia um quarto cenográfico. Passou a noite num sofá que tinha sido ocupado por Claudette Colbert, coberta de rendas esvoaçantes, naquela mesma tarde.

A manhã chegou tristonha, mas ele ainda tinha um pouco de bebida na garrafa e quase cem dólares no bolso. Os cavalos iam correr em Santa Anita e quem sabe à noite ele estivesse com o dobro dessa quantia.

No caminho para a saída do estúdio, hesitou diante da barbearia, mas estava nervoso demais para fazer a barba. Então fez uma parada, pois ouviu a voz de Dick Dale vindo da direção da banca de engraxate.

"A srta. Hartman encontrou seu outro roteiro, e acontece que ele é propriedade da empresa."

E. Brunswick estava de pé diante da banca.

"Não quero que meu nome seja usado", disse ele.

"Muito bem. Vou colocar o nome dela. Berners acha que está ótimo, se a família De Koven aprovar. Que diabo — o pastor de ovelhas nunca teria sido capaz de vender aquelas canções, de todo modo. Já ouviu falar de algum pastor de ovelhas arrecadando grana de direitos autorais?"

Hudson tirou os óculos.

"Eu peso setenta e cinco quilos..."

Pat chegou mais perto.

"Entre no exército", disse Dale, com desprezo. "Não tenho tempo para confusão. Tenho que fazer um filme." Seus olhos depararam com Pat. "Olá, veterano."

"Olá, Dick", disse Pat, sorrindo. Sabendo que o momento psicológico era propício, resolveu arriscar.

"Quando começamos a trabalhar?", perguntou.

"Quanto é?", perguntou Dick Dale ao engraxate. E, virando-se para Pat: "Está tudo resolvido. Faz tempo que venho prometendo um crédito na tela para Mabel. Venha me visitar um dia, quando tiver uma ideia."

Saudou alguém junto à barbearia e se afastou apressado. Hudson e Hobby, homens de letras que nunca haviam se conhecido, se entreolharam. Havia lágrimas de raiva nos olhos de Hudson.

"Os autores são massacrados aqui", disse Pat, solidário. "Não deveriam vir jamais."

"Quem ia criar as histórias? Esses idiotas?"

"Bom, em todo caso, não os autores", disse Pat. "Eles não querem autores aqui. Querem escritores — como eu."

Os tempos de faculdade de Pat Hobby

I

A tarde estava escura. Os paredões do Topanga Canyon erguiam-se abruptos dos dois lados. Ela precisava se livrar daquilo. O barulho no banco traseiro a apavorava. Evylyn não estava gostando nem um pouco daquele negócio. Não era isso que tinha vindo fazer naquela cidade. Então pensou no sr. Hobby. Ele acreditava nela, confiava nela — e ela estava fazendo isso por ele.

Mas a missão era árdua. Evylyn Lascalles saiu do cânion e percorreu as inóspitas bordas de Beverly Hills. Várias vezes enveredou por becos obscuros, várias vezes estacionou ao lado de terrenos baldios — mas sempre algum pedestre ou desocupado a lançava num estado de ansiedade nervosa. À certa altura seu coração quase parou quando ela se viu observada com interesse — ou seria suspeita? — por um homem que parecia um detetive.

"Ele não tinha o direito de me pedir isso", disse para si mesma. "Nunca mais. Vou dizer isso a ele. Nunca mais."

A noite estava caindo depressa. Evylyn Lascalles nunca vira uma noite chegar tão rápido. De volta ao cânion, então, à vida selvagem e livre. Dirigiu seu carro por uma avenida multicolorida que dava ao dia suas últimas nuances em tom pastel. E alcançou alguma segurança numa curva que dava vista para o platô lá embaixo, na distância.

Ali não poderia haver complicação alguma. Quando jogasse

aqueles itens despenhadeiro abaixo, eles iriam parar tão longe dela quanto se estivesse em outro estado da União.

A srta. Lascalles era do Brooklyn. Tinha desejado muito vir a Hollywood e trabalhar como secretária na indústria do cinema — agora daria tudo para jamais ter saído de casa.

Mas era preciso levar o serviço a cabo — precisava se livrar de sua carga — assim que aquele próximo carro passasse pela curva.

II

... Enquanto isso, seu patrão, Pat Hobby, estava parado diante da barbearia conversando com Louie, o *bookie* do estúdio. As quatro semanas de Pat, a duzentos e cinquenta dólares por semana, terminariam no dia seguinte, e ele já começava a sofrer aquela sensação atormentada e aterrorizante dos que vivem eternamente à beira da insolvência.

"Quatro semanas asquerosas num roteiro ruim", disse ele. "Foi tudo o que consegui em seis meses."

"Como é que você vive?", perguntou Louie — sem mostrar muito interesse.

"Eu não vivo. Os dias passam, as semanas passam. Mas quem se importa? Quem se importa? — depois de vinte anos."

"Você se divertiu bastante no seu tempo", Louie lhe lembrou.

Pat estava olhando para uma figurante de cena de gala, de vestido de lamê cintilante.

"Claro", admitiu. "Tive três esposas. Tudo o que alguém pode desejar."

"Está querendo dizer que *aquela* foi uma das suas esposas?", perguntou Louie.

Pat lançou um último olhar à figura que desaparecia.

"Nãão. Eu não disse que *aquela* era uma delas. Mas tive uma porção dessas comendo na minha mão. Mas agora não — um homem de quarenta e nove anos nem é considerado humano."

"Você tem uma secretária bonitinha", disse Louie. "Olhe, Pat, vou te dar uma dica..."

"Não vou poder usá-la", disse Pat. "Só tenho cinquenta centavos."

"Não estou falando desse tipo de dica. Escute: Jack Berners quer fazer um filme sobre a UWC,* porque ele tem um filho que joga basquete lá. Ele não está conseguindo uma história. Por que você não vai procurar o superintendente atlético, que se chama Doolan, na UWC? Esse superintendente me deve três mil pratas em apostas nos cavalos, e talvez possa te dar uma ideia para um filme de faculdade. E aí você traz essa ideia e vende para o Berners. Você está recebendo salário, não está?

"Só até amanhã", disse Pat, acabrunhado.

"Procure Jim Kresge, que está sempre lá na loja de artigos esportivos do campus. Ele vai te apresentar ao superintendente atlético. Olhe, Pat, eu tenho que recolher algumas apostas agora. Mas lembre disso: aquele Doolan me deve três mil pratas."

III

Não pareceu muito promissor a Pat, mas era melhor do que nada. Voltando para apanhar seu casaco no Edifício dos Escritores, chegou a tempo de atender um telefonema queixoso.

"Aqui é a Evylyn", disse uma voz alvoroçada. "Não consigo me livrar do negócio todo esta tarde. Tem carros rodando por todas as estradas..."

* Como o próprio narrador explica adiante, trata-se da University of the Western Coast [Universidade da Costa Oeste]. O nome correto da universidade, porém, é West Coast University, fundada em 1909.

"Não posso falar disso aqui", disse Pat apressadamente, "tenho que ir até a UWC atrás de uma ideia".

"Eu tentei", ela choramingou, "... tentei *mesmo*! Mas sempre aparece um carro..."

"Ah, faça-me o favor!" Ele desligou — já tinha coisas demais na cabeça.

Durante anos Pat seguira os feitos dos Trojums da Universidade do Sul da Califórnia e as conquistas quase igualmente fabulosas dos Roller Coasters, da Universidade da Costa Oeste. Seu interesse era menos psicológico, tático ou intelectual do que matemático — mas os Rollers tinham lhe dado um bocado de prejuízo em sua época — e, assim, foi com uma vaga sensação de proprietário que ele entrou naquele campus de estilo meio DeMille, meio asteca.

Localizou Kresge, que o levou ao superintendente Kit Doolan. O sr. Doolan, famoso ex-meio-campista, estava de ótimo humor. Com cinco negros grandalhões no ataque aquele ano, nenhum deles com idade para se aposentar, mas todos bem experientes, seu time tinha tudo para conquistar o campeonato.

"É um prazer poder ajudar seu estúdio", disse ele. "É um prazer ajudar o sr. Berners — ou Louie. O que posso fazer pelo senhor? Quer fazer um filme?... Bem, sempre se pode aproveitar a publicidade. Sr. Hobby, tenho uma reunião do Comitê da Faculdade daqui a cinco minutos, e talvez o senhor queira contar sua ideia para nós."

"Não sei", disse Pat, cheio de dúvidas. "Eu estava pensando em ter uma conversa com você. Achei que poderíamos ir até algum lugar e tomar um trago."

"Infelizmente não vai dar", disse Doolan em tom jovial. "Se aqueles sabichões farejarem álcool em mim — já viu! Venha para a reunião — alguém anda surrupiando relógios e joias no campus e temos certeza de que é um estudante."

Tendo cumprido seu papel, o sr. Kresge levantou-se para sair.

"Querem apostar numa barbada para o quinto páreo de amanhã?"

"Eu não", disse o sr. Doolan.

"E o senhor, sr. Hobby?"

"Eu não", disse Pat.

IV

Terminada sua aliança com o submundo, Pat Hobby e o superintendente Doolan percorreram o corredor do edifício da administração. Na antessala do reitor, Doolan disse: "Logo que eu puder, venho chamá-lo e o apresento aos outros". Como não era um representante oficial nem de Jack Berners nem do estúdio, Pat esperou com certo mal-estar. Não lhe agradava a perspectiva de se defrontar com um grupo de sabichões, porém lembrou que tinha uma mercadoria humilde mas revigorante em seu casaco surrado. A assistente do reitor tinha deixado sua mesa na antessala para tomar notas na reunião, de modo que, ao ver-se sozinho, ele se reabasteceu de calorias com um longo e sufocante gole.

Num instante produziu-se um ardor interno e ele se acomodou na cadeira, os olhos fixos na porta onde se lia:

SAMUEL K. WISKETH
REITOR DO CORPO DISCENTE

Talvez viesse a ser um encontro formidável.

... mas por quê? Havia ali gente vazia e arrogante — todo mundo sabia disso. Tinham títulos universitários, mas estes podiam ser comprados. Se eles batessem uma bola com o estúdio, teriam um bocado de publicidade positiva para a UWC. E isso significaria salários maiores e mais grana para eles, não é mesmo?

A porta da sala de reunião se abriu e se fechou em seguida. Ninguém saiu, mas Pat se endireitou na cadeira e ficou a postos. Representando a quarta maior indústria da América, ou *quase* a representando, não podia deixar que um bando de narizes empinados o fizessem baixar a cabeça. Ele não era totalmente desprovido de conhecimento sobre educação superior — em sua primeira juventude, tinha sido o faz-tudo na DKE House* da Universidade da Pensilvânia. E com um encorajador sentimento bairrista convenceu a si mesmo de que a Pensilvânia cobria como um manto protetor aquele seu empreendimento pioneiro.

A porta se abriu — um jovem esbaforido, com gotas de suor na testa, entrou abruptamente, atravessou depressa a antessala e desapareceu. O sr. Doolan estava calmamente em pé na soleira da porta.

"Tudo bem, sr. Hobby", disse ele.

Nada que desse para assustar. Lembranças dos velhos tempos de faculdade continuavam a inundar Pat quando ele entrou na sala. No mesmo instante, a seiva da confiança fluiu por seu organismo, e ele teve sua ideia...

"... é uma ideia bem realista", ele dizia cinco minutos depois. "Entendem?"

O reitor Wiskith, um homem alto e pálido que usava um aparelho de audição, parecia entender — embora não necessariamente aprovar. Pat martelou seus argumentos de novo.

"É totalmente atual", disse pacientemente, "o que chamamos de 'tema do momento'. Vocês admitem que aquele moleque insolente que saiu daqui estava roubando relógios, não é?"

* DKE: a Delta Kappa Epsilon (três letras gregas), ou Deke, é uma das mais antigas irmandades universitárias norte-americanas. Fundada em 1844 em Yale, tem hoje 56 casas espalhadas pelos Estados Unidos e Canadá.

Todos os membros do comitê da faculdade, com exceção de Doolan, trocaram olhares entre si, mas ninguém interrompeu.

“Então é isso”, prosseguiu Pat, em tom de triunfo. “Vocês o entregam à imprensa. Mas aí vem a virada. No filme nós faremos com que ele roube os relógios para sustentar seu *irmão* mais novo — e seu irmão mais novo é o esteio do time de futebol! Ele é o corredor que conduz a bola para o ataque final. Vamos provavelmente pegar o Tyrone Power emprestado, mas usaríamos um dos *seus* jogadores como dublê.”

Pat fez uma pausa, tentando pensar em tudo.

“... evidentemente, temos que lançar o filme também nos estados do Sul, portanto é preciso que seja um de seus jogadores brancos.”

Fez-se um silêncio inquieto. O sr. Doolan veio em seu socorro.

“Não é má ideia”, sugeriu.

“É uma ideia pavorosa”, explodiu o reitor Wiskith. “É...”

O rosto de Doolan enrijeceu lentamente.

“Espere aí”, disse ele. “Quem somos nós para falar? Vamos ouvir o que ele tem a dizer!”

A assistente do reitor, que pouco antes saíra da sala ao ouvir o toque de um interfone, tinha reaparecido e estava cochichando algo no ouvido do reitor. Este teve um sobressalto.

“Só um minuto, sr. Doolan”, disse ele. Virou-se para os outros membros do comitê.

“O bedel tem um caso disciplinar ali fora e legalmente não pode deter a pessoa infratora. Podemos resolver isso primeiro? Depois voltamos para esta...”, encarou o sr. Doolan, “... para esta ideia absurda.”

A um gesto de cabeça seu, a assistente abriu a porta.

Aquele bedel, pensou Pat, voltando a seus dias no campus arborizado e cheio de trepadeiras, se parecia com todos os bedéis, um policial contido, uma fera parcamente civilizada.

“Cavalheiros”, disse o bedel, com um respeito delicadamente modulado, “tenho um problema aqui que não dá para explicar.” Balançou a cabeça, desconcertado, e continuou: “Sei que está tudo errado — mas acho que não entendo o propósito da coisa. Por isso quis trazer o assunto a *vocês* — vou simplesmente lhes mostrar as evidências e o elemento transgressor… Pode entrar, você aí”.

Quando Evylyn Lascalles entrou, seguida de perto por uma grande trouxa de pano que tilintou ao ser depositada pelo bedel no chão ao lado dela, Pat pensou mais uma vez no campus coberto de olmos da Universidade da Pensilvânia. Quem dera estar lá naquele momento. Desejou isso mais do que qualquer outra coisa no mundo. Em segundo lugar, desejou que as costas de Doolan, atrás das quais ele tentou se esconder movendo um pouco sua cadeira, fossem ainda mais largas.

“Aí está o senhor!”, ela clamou aliviada. “Oh, sr. Hobby — graças a Deus! Eu não consegui me livrar delas — e não poderia levá-las para minha casa, pois minha mãe me mataria. Então vim até aqui para procurá-lo — e este homem se enfiou no banco traseiro do meu carro.”

“O que tem dentro desse saco?”, perguntou o reitor Wiskith. “Bombas? O quê?”

Segundos antes de o bedel erguer o saco, largando-o em seguida no chão, de modo que ele emitisse um som claro e inconfundível, Pat poderia ter lhes contado. Eram soldados mortos — litros, meios-litros, frascos de bolso —, rastros de quatro semanas exaustivas a duzentos e cinquenta dólares cada: garrafas vazias recolhidas das gavetas de sua sala de trabalho. Como seu contrato se encerrava no dia seguinte, ele tinha julgado melhor não deixar para trás essas evidências.

Buscando uma rota de fuga, sua mente voltou pela última vez aos dias despreocupados de faz-tudo na Universidade da Pensilvânia.

"Eu fico com o saco", disse, pondo-se de pé.

Pendurando a trouxa num ombro, encarou o comitê da faculdade e disse, para surpresa geral:

"Pensem no assunto."

V

"Nós pensamos", disse o sr. Doolan à esposa naquela noite. "Mas não conseguimos encontrar sentido algum naquilo."

"É meio sinistro", disse a sra. Doolan. "Espero não ter pesadelos esta noite. O coitado do homem com aquele saco! Fico pensando que ele terá que passar pelo purgatório — e o farão esculpir um barco em miniatura para enfiar em *cada uma* daquelas garrafas — antes de poder ir para o céu."

"Nem fale!", disse Doolan no ato. "Assim quem vai ter pesadelos sou eu. Eram garrafas que não acabavam mais."

FRANCIS SCOTT FITZGERALD nasceu em 1896 em St. Paul, Minnesota. Considerado um dos grandes ficcionistas norte-americanos do século XX, alcançou êxito meteórico com os romances *Este lado do paraíso*, *Belos e malditos* e *O grande Gatsby*, além dos *Contos da era do jazz*, mas teve sua carreira truncada pelo alcoolismo e pelas internações da esposa, Zelda Scott, esquizofrênica. Morreu de infarto aos 44 anos, em 1940.

JOSÉ GERALDO COUTO é jornalista, tradutor e crítico de cinema. Formado em história e em jornalismo pela USP, é autor, entre outros, dos livros *André Breton* (Brasiliense) e *Brasil: Anos 60* (Ática). Trabalhou por mais de vinte anos na *Folha de S.Paulo*. Traduziu do inglês e do espanhol mais de quarenta livros, de autores como Henry James, Saul Bellow, Adolfo Bioy Casares, Enrique Vila-Matas, Martin Scorsese e J. G. Ballard.

Grafia atualizada segundo o Acordo Ortográfico da Língua Portuguesa de 1990, que entrou em vigor no Brasil em 2009.

capa
Flávia Castanheira
ilustração de capa
Wagner William
composição
Jussara Fino
preparação
Teté Martinho
revisão
Tomoe Moroizumi
Livia Azevedo Lima

Dados Internacionais de Catalogação na Publicação (CIP)

— —

Fitzgerald, F. Scott (1896-1940)
As histórias de Pat Hobby: F. Scott Fitzgerald
Tradução e apresentação: José Geraldo Couto
São Paulo: Todavia, 1ª ed., 2020
176 páginas

ISBN 978-65-80309-79-5

1. Literatura americana 2. Contos 3. F. Scott Fitzgerald
I. Couto, José Geraldo II. Título

CDD 813

— —

Índice para catálogo sistemático:
1. Literatura americana: Contos 813

todavia
Rua Luís Anhaia, 44
05433.020 São Paulo SP
T. 55 11. 3094 0500
www.todavialivros.com.br

fonte
Register*
papel
Munken print cream
80 g/m²
impressão
Geográfica

FSC
www.fsc.org
MISTO
Papel produzido
a partir de
fontes responsáveis
FSC® C019498